EUROPAVERLAG

KAPITEL 1

Es ist einer jener Sommer voller Schwalben, flirrendem Asphalt und dem unverwechselbaren Geruch von Sonnenöl, Pommes und Jugend über dem matten Grün der Schwimmbadwiese.

Ein Grashüpfer ist auf meinen Studienführer gesprungen und schnuppert am T von *DIE ZEIT*. Mit meinem Abi von 1,8 ist es schwer bis unmöglich, einen Studienplatz für Psychologie zu bekommen. Ich schreibe *Wartezeit* in die Contra-Spalte.

»Ey, Selma, komm, mach mit!« Robert und Julia stehen am Volleyballnetz zwanzig, dreißig Meter entfernt und albern mit dem Ball im grauweißen Sand herum. Für ein Volleyballspiel brauchen sie noch Leute. Ich winke ab.

Vielleicht gehe ich ein Jahr ins Ausland. Australien oder Neuseeland, Work and Travel, Erdbeerenpflücken und dann ein bisschen durchs Land reisen. Das würde mir Spaß machen. Ob man mir das als Wartezeit für das

Psychologiestudium anrechnet? Ich blättere im Studienführer. Auf der hellblauen Fleecedecke vor mir liegen mehrere Blätter. Oben auf jedes Blatt habe ich einen Studiengang geschrieben, der mich interessiert. Darunter zwei Spalten. Meine berühmten Pro- und Contra-Listen, der Running Gag in unserer Clique. Schauen wir in Roberts Studentenbude die neue *Game of Thrones*-Staffel? Oder chillen wir bei Giovanni in der Eisdiele? Selma, mach doch mal eine Pro- und Contra-Liste! Sollen sie sich ruhig darüber lustig machen. Mir ist das egal. Ich brauche diese Listen, um meinen Kopf aufzuräumen.

»Seeelma!« Robert hält die Hände als Trichter vor seinen Mund. Wieder winke ich ab. Der Grashüpfer ist auf meinen Oberschenkel gesprungen. Ein leichtes Prickeln durchströmt meine Haut. Das Orange meines Bikinis scheint wie eine Signalfarbe auf ihn zu wirken. Ich bleibe im Schneidersitz und erfreue mich an meinem kleinen Besucher.

»Geografie« steht auf einem der Blätter. Mich interessieren ferne Länder, exotische wie Patagonien oder die Archipele in Indonesien. Ein anderes trägt die Überschrift »Biologie«. Vor einigen Tagen habe ich mir das Institut an der Uni angeschaut. Eine Hochalpenexkursion bieten sie dort an, auf 2500 Meter zur Kürsingerhütte. Und ein meeresbiologisches Freilandpraktikum am Wattenmeer. Wow, das wäre supercool. Aber das ist sicher alles teuer. Auch für Philosophie interessiere ich mich. Bekommt man damit aber einen Job? Wer braucht eine Philosophin?

Oder Germanistik. Ich lese gerne Gegenwartsliteratur, Romane, auch Gedichte. Im Deutsch-Abi habe ich vierzehn Punkte. Das alles schreibe ich in die Pro-Spalte. Oder nimmt man in Germanistik nur die Klassiker durch? Berufliche Perspektiven hätte ich da wohl nur als Lehrerin. Eigentlich will ich das nicht. Auf ein anderes Blatt habe ich »Medienwissenschaften« geschrieben. Immer mehr Pros und Contras zu den jeweiligen Studiengängen fallen mir ein.

Julia und Robert haben zwei Jungs gefunden, die jetzt mit ihnen Volleyball spielen. Sie haben viel Spaß miteinander. Robert ist mit seinen dreiundzwanzig Jahren ganz schön lebenserfahren. Die Ausbildung bei der Polizei hat er abgeschlossen. Polizeioberwachtmeister ist er – gewesen. Kurz nach der Ausbildung hat er den Dienst quittiert. Eine Kollegin von ihm sitzt im Rollstuhl, weil ein psychisch Gestörter sie angeschossen hat. Robert hatte die Schicht unmittelbar danach. Er redet nicht gerne über den Vorfall, aber für ihn war es ein Schlüsselerlebnis. Jetzt studiert er Betriebswirtschaft. Seinen Humor hat er behalten. Ich kenne ihn schon seit Kindertagen, seine jüngere Schwester Clara hat mit mir Abi gemacht. Jetzt ist er mit Julia zusammen, meiner besten Freundin. Das hat mich ziemlich verletzt, denn er hat mir schon immer gefallen. Die letzten beiden Jahre habe ich wegen ihm oft gelitten, konnte nichts essen oder nicht schlafen, aber er wusste nichts davon. Ich habe immer auf eine Gelegenheit gewartet, dass er und ich irgendwo, irgendwie … ach, vergiss es. Die Liebe kann man nicht erzwingen. Jetzt schäkern sie da drüben beim Volleyballspielen miteinander, umarmen sich ständig, geben sich flüchtige Küsse nach jedem Ball, obwohl Julia doch wissen müsste, wie sehr ich in Robert verliebt war und vielleicht immer noch ein bisschen bin. Sie tut mir weh, aber ich bin sicher, sie macht das nicht mit Absicht. Robert himmelt sie an und sie ihn, die beiden passen einfach zueinander. Ich bin draußen. So ist das nun mal.

Pechschwarze Wolken ziehen hinter dem Sprungturm und dem Wäldchen auf. Plötzlich grollt es am Himmel, ein Donnern, dass die Gläser in der Strandbar klirren. Ein Gewitter droht sich schon sehr bald zu entladen. Robert und Julia rennen atemlos herbei. Ihnen folgen die zwei Jungs vom Volleyballfeld. Robert stellt sie mir kurz vor, er kennt sie vom BWL-Studium.

»Los, wir packen es, fahren wir dem Gewitter davon. Im Isartal müsste schon wieder die Sonne scheinen. Dort gehen wir noch in einen Biergarten.«

Eilig klauben wir unsere Klamotten, Zeitschriften, Sonnencremes auf und falten die Decken zusammen. Mit unseren Flipflops, die Taschen über der Schulter, starten wir ein Wettrennen. Robert ist der Erste, der zum Ausgang stürmt und am Mercedes Cabrio seines Vaters eintrifft. Sein Dad hat ihm den Wagen ausgeliehen, im Fuhrpark des Schönheitschirurgen steht ein halbes Dutzend edler Gefährte zur Auswahl. Julia springt auf den Beifahrersitz. Ich quetsche mich mit Luis und Daniel, so heißen die beiden Kumpels von Robert, auf die Rückbank.

»He, Robert, willst du nicht das Cabrio schließen?«, fragt Luis.

»Nein, wir fahren dem Regen davon.«

Robert fährt schneidig los. Man merkt ihm seine Fahrerfahrung an. Neben den Führerscheinstunden hat er bei der Polizei ein spezielles Fahrtraining absolviert. Für Blaulichtfahrten. Bei ihm fühle ich mich sicher, auch wenn er riskant fährt. Allerdings merke ich, dass ich auf dem Sicherheitsgurt sitze. Auch die beiden neben mir auf der Rückbank sind nicht angeschnallt. Wenn ich den Gurt jetzt unter meinem Hintern hervorholen will, müsste ich mich ganz schön hin und her ruckeln. Und das neben den zwei Kumpels von Robert. Am Schluss denken die noch, ich will ihnen auf den Schoß steigen. Ist schon sehr eng da hinten im Fond. Nun, für die paar Kilometer geht es auch mal ohne Gurt.

»Hör auf, Luis! Na warte!«, schreit Robert jetzt gespielt empört nach hinten. Eine nasse Badehose ist von der Rückbank nach vorne geflogen. Die beiden Jungs neben mir feixen, Julia, die ein paar Wasserspritzer abbekommen hat, kreischt vor Vergnügen auf. Laut tönt Musik von Peter Fox aus dem Radio. Mit dem linken Arm hält Robert das Lenkrad fest. Nur kurz dreht er sich um und zielt mit der Badehose auf Luis. Es ist genau der Moment, in dem eine schwarze Wand um die Ecke kommt. Als Robert wieder nach vorn schaut, ist es zu spät. Ein Schleudern wie auf der Achterbahn, dann ein Krachen, als ob mein Schädel platzt. Das Herz steht still. Doch schlimmer als der Knall, das Krachen, ist das völlige Fehlen von Geräuschen danach. Wie in einem Sarg zehn Meter unter der Erde. Totenstille.

Ich heiße Selma Thierer, bin achtzehn Jahre alt und habe gerade mein Abitur gemacht.

KAPITEL 2

Die Wand hat 441 Pferdestärken und gehört einer Spedition, deren besonderes Merkmal die glänzend schwarze Lackierung des gesamten Fuhrparks ist. Instinktiv hat Robert das Lenkrad herumgerissen und damit die Frontalkollision mit dem Lkw vermieden. Das hat uns fünf vermutlich das Leben gerettet. Das Cabrio ist aus der Kurve geflogen und hat sich nicht überschlagen. Auch das ist Glück im Unglück. Aber Robert war es nicht möglich, den seitlichen Aufprall des schleudernden Autos gegen eine Ulme zu verhindern, die wenige Meter neben der Fahrbahn am Feldrand steht. Der Baum hat das Auto genau an der Stelle eingedrückt, an der ich sitze. Durch den Aufprall hat es mich nach vorne geschleudert. Mein Körper ist verdreht und in die Seitentür eingepresst wie ein menschlicher Stempel. Ich falle in eine Art Schlaf, höre zwischendurch immer mal ein paar Wortfetzen. Polizei, Feuerwehr, Notfallseelsorgerin, so sortiere ich die Stimmen. Irgendwann merke ich, wie jemand an meinem Kopf zugange ist, vielleicht einen Verband anlegt. Später höre ich ein lautes Knirschen und Quietschen und stöhne vor Schmerz, weil sich die Seitentür des Autos noch etwas weiter in meinen Rücken und in die Schulter bohrt. Heftiger Regen setzt ein und prasselt auf die Motorhaube wie der Trommelwirbel einer apokalyptischen Band. Dazu wieder Donnergrollen. Dann verliere ich das Bewusstsein.

Diese Abfolge der Ereignisse setzt sich für mich erst später so zusammen, aus dem Polizeibericht, Zeugenaussagen, meinen bruchstückhaften Erinnerungen. Als ich erwache, spüre ich als Erstes meine Arme, eine Decke, ertaste das Gestänge eines Bettes. Gedämpfte Stimmen, das Gespräch zweier Personen.

»Papa, bist du das?«

Für einen Augenblick ist es im Raum völlig still. Nur in der Ferne ist leise ein Martinshorn zu hören.

»Selma! Das ist so schön, dass du wieder wach bist!«

Es ist mein Vater. Aber irgendetwas ist anders an seiner Stimme. Ich kann ihn nicht sehen und will an meine Augen greifen, die mir verklebt vorkommen wie bei einer Bindehautentzündung, die ich als Kind einmal hatte. Ich ertaste einen dicken Mullverband an meinem Kopf, mehrere Pflaster. Ich öffne die Augen, sehe aber nichts.

»Wo bin ich, Papa?«

»Im Krankenhaus, Selma. Bleib ganz ruhig. Du bist hier in guten Händen.«

»Papa, ich kann nichts sehen!«

Mein Vater bleibt stumm. Eine helle Stimme räuspert sich.

»Ich rufe den Oberarzt«, sagt sie und geht nach draußen, wie ich an den Schritten höre.

»Papa, bist du da?«

»Ja, Selma. Mama und Lennart kommen nachher auch.«

Ich bin in einem Krankenhaus. Geräusche schwirren in meinem Kopf herum. Ein Krachen, Bersten, Klirren. Dann totale Stille. Schließlich Stimmen. Sie gehören den Rettungskräften, die das Auto mit einer Metallschere auseinanderschneiden. Oder sägen sie mich auseinander?

»Selma, ist doch gut! Nicht so laut schreien.«

Mein Vater hat seine Hand beschwichtigend auf meinen Arm gelegt. Ich fühle, wie mir der Schweiß ausbricht.

»Papa, wieso kann ich nichts sehen?«

Erst jetzt merke ich, wie meine Schulter und der Brustkorb schmerzen. Nur ganz vorsichtig kann ich den rechten Arm hin und her bewegen. Ich höre, wie sich die Tür öffnet. Schritte, wohl von mehreren Personen. Ich spüre die Präsenz eines Menschen an meinem Bett, jemand beugt sich über mich. Der leichte Geruch von Rasierwasser.

»Frau Thierer, ich bin Doktor Hollweck. Man hat mich aus der Augenklinik zu Ihnen gerufen. Ich werde jetzt einmal Ihre Augen untersuchen, sind Sie einverstanden?«

»Ja, Herr Doktor, bitte.«

Ich zittere am ganzen Körper. Jemand hält meine Hand. Ich vermute, es ist mein Vater. Ein anderer drückt an meinen Augenlidern, am Jochbein. Ein leichtes Klappern und Knacksen, das ich nicht zuordnen kann. Die Zeit dehnt sich.

»Wir werden noch einige Untersuchungen durchführen, Frau Thierer. Jetzt erholen Sie sich erst einmal.«

Dann dieselbe Stimme, leiser: »Sie sind der Vater? Kommen Sie bitte mal mit.«

Schritte, die sich entfernen. Eine Tür fällt ins Schloss.

»Hallo, ist noch jemand hier?«, rufe ich in den Raum. Keine Antwort. Minuten später geht die Tür wieder auf.

»Du hast auch Glück gehabt, Selma«, höre ich meinen Vater mit belegter Stimme sprechen. »Außer den Verletzungen im Gesicht hast du nur das rechte Schlüsselbein und eine Rippe gebrochen. Das hätte noch viel schlimmer ausgehen können.«

Daher die Schmerzen in der Schulter, denke ich mir. Im selben Moment, wo ich mir das bewusst mache, zieht ein Stechen durch meinen rechten Arm, und ich bäume mich leicht auf.

»Papa?«

»Ja?«

»Was ist mit den anderen?«

Wieder höre ich, wie sich die Tür öffnet. Irgendwelche Geräusche neben meinem Bett. Vermutlich der Nachttisch. Jemand schenkt eine Flüssigkeit ein.

»Hier, Frau Thierer, trinken Sie mal einen Schluck. Ich bin übrigens Schwester Vera. Hier ist ein Knopf.« Sie führt meine linke Hand. »Der liegt neben ihrem Bett, auf der linken Seite. Hier. Wenn Sie irgendetwas brauchen, klingeln Sie bitte.«

»Danke«, flüstere ich und höre Schritte, die sich entfernen, eine Tür, die sich schließt.

»Wir sind jetzt alleine im Raum, Selma«, sagt mein Vater wieder mit dieser merkwürdig tonlosen Stimme.

»Die anderen, was ist mit Julia? Mit Robert und seinen beiden Kumpels?«

Ich bin verzweifelt, vor allem, weil mein Vater mit der Antwort zögert. Ich rechne mit dem Schlimmsten. Das Hemd, das ich anhabe, klebt jetzt vor Schweiß an mir wie ein nasser Schwamm.

»Die anderen im Auto sind auch verletzt. Aber nicht ganz so schwer. Julia hat Schnittwunden im Gesicht und ein Bein gebrochen, Robert einen Arm. Ansonsten viele Prellungen, Abschürfungen. Aber die Airbags haben Schlimmeres verhindert. Am wenigsten abbekommen haben die beiden Studenten, die neben dir saßen. Obwohl sie wie du auch nicht angeschnallt waren. Kannst du dich erinnern, wie es zu dem Unfall kam, Selma?«

Das metallicgoldene Mercedes Cabrio von Roberts Vater. Die klitschige Badehose. Ich fühle Luis neben mir, wie er ausholt und wirft. Die Spritzer an der Innenseite der Windschutzscheibe und auf Julias Top. Roberts Blick nach hinten. Die schwarze Wand.

»Nein, nicht so richtig.« Ich atme schnell, mein Herz krampft sich zusammen. »Papa«, schreie ich, »bin ich blind?«

Zwei Hände auf meinem Unterarm, die mich streicheln, drücken.

»Selma, es gibt offensichtlich da ein Problem. Weil du nicht angeschnallt … Also, das ist jetzt auch egal. Durch den Aufprall des Autos auf diesen Baum hat es dich nach vorne geschleudert. Dein Kopf … ich meine, ich bin da kein Experte. Aber der Doktor Hollweck hat mir das mit Fliehkräften erklärt, die dazu geführt haben, dass bei dir der Sehnerv offenbar durchtrennt wurde, also, der ist nicht mehr durchblutet, so wie er das eben gesehen hat, allerdings, ich meine, du weißt ja, die wollen ja noch Untersuchungen machen, also … Aber auch wenn das so sein sollte, werden wir das schaffen.«

»Wenn was so sein sollte, Papa?«

Keine Antwort. Nur das Drücken des Unterarms. Das kann nicht sein. Ich und blind? Sicher ist das nur vorübergehend. Wer erblindet heute noch bei einem Unfall? Vielleicht ist die Linse eingetrübt oder was weiß ich. Eine, zwei, drei OPs, dann kommt das Sehen wieder.

»Da kann doch die Medizin was machen, Papa, oder?«

»Ja, wir werden sehen.«

Mehr kommt nicht. Weint mein Vater etwa? Das habe ich noch nie erlebt. Selbst als Opa starb, sein Vater, hat er die Fassung gewahrt. Beim Essen nach der Trauerfeier hat er sogar eine Rede gehalten, bei der alle immer mal wieder auch gelacht haben. Warum redet mein Vater jetzt so wenig? Gedanken, giftig und schwer wie Blei, fluten mein Gehirn und geben mir das Gefühl zu ertrinken. Mein Puls rast.

»BIN ICH BLIND?«

Ich schlage um mich, drehe mich wild hin und her und schreie hemmungslos wie damals, als ich mit sechs Jahren barfuß von einer Mauer in einen rostigen, aus einem alten Plattenweg ragenden Nagel gesprungen bin. Aber dieses Mal will der Drang zu schreien nicht nachlassen, weil auch das Leiden nicht nachlässt. Sollte ich wirklich blind sein, ist das vielleicht für immer. Erst als ich in meinem linken Arm ein pulsierendes Stechen spüre, lasse ich mich erschöpft nach hinten ins Kissen fallen. Schritte, die herbeieilen.

»Die Kanüle mit der Infusion ist aus Ihrem Arm gerissen, Frau Thierer«, höre ich Schwester Vera leicht angespannt sprechen. »Ich lege sie jetzt neu. Bitte beruhigen Sie sich.«

Bittere Realitäten, die durchsickern. Da soll man sich beruhigen! Meine erste Lehre fürs Leben nach diesem zerstörerischen Unfall: Schock und Schreien gehören zusammen. Man muss einen Ort schaffen, der Schreien ermöglicht. Eine zutiefst verletzte Seele braucht einen Brüllraum.

KAPITEL 3

Seit einer Woche liege ich jetzt in der Augenklinik. Es steht fest: Der Unfall, das Umherschleudern meines Kopfes durch den schweren Aufprall, hat meinen Sehnerv durchtrennt.

ICH BIN BLIND!

Es klopft an der Tür, und ich murmele ein mechanisches »Herein«. Eigentlich ist es mir egal, ob jemand zu mir kommt. Alles ist mir gleichgültig geworden. Besuche, Essen, Fernsehprogramm. Haha, das Fernsehprogramm. Ich bin blind, mein Leben ist zerstört. Der Gedanke, es zu beenden, kommt mir immer häufiger in den Sinn. Aber selbst dazu bin ich als Blinde ja nicht ohne Weiteres imstande. Wenn ich zur Wand renne, wo die Fenster sein müssten, eins öffne und springe, lande ich vielleicht mit ein paar gebrochenen Knochen auf einem Vordach nur zwei Meter tiefer. Was kann ich überhaupt noch?

»Hallo, Selma«, höre ich eine leise, brüchige Stimme. Ich erkenne sie trotzdem.

»Julia. Wie geht es dir denn?«

Julia ergreift meine Hand.

»Hallo. Ich bin auch da.«

Auch diese Stimme ist verrutscht, schwach, fast wie ein Zwölfjähriger, den die Eltern beim Rauchen erwischt haben und jetzt zur Rede stellen.

»Robert?«

»Ja.«

Mehr kommt nicht. Nur ein Schluchzen höre ich.

»Julia? Weinst du?«

Ich vermute, dass sie es ist, die sich schnäuzt.

»Es ist so furchtbar, Selma«, bricht es jetzt unter Tränen aus ihr heraus. »Das war doch alles so nicht abzusehen. Hätten wir doch nur diese blöde Badehose nicht herumgeworfen. Dann wäre das alles nicht passiert.«

Ich warte ab, ob sie noch was sagt. Aber sie schweigt.

»Hätte, hätte, hätte«, übernehme ich und merke eine Aggression in mir, die ich bisher nicht an mir kannte. »Hätte ich mit euch Volleyball gespielt, wäre das alles nicht passiert. Hätten wir die Öffentlichen genommen und nicht diesen supertollen, superschnellen, superschönen, superteuren Mercedes … Jetzt ist der Schrott, und ich bin es auch. Na bravo!«

Ich habe mich aufgerichtet und schreie so laut, dass sich die Tür öffnet und ein Krankenpfleger fragt, ob alles in Ordnung sei.

»Ja«, sage ich scharf, »alles ist in Ordnung. ALLES!«

Keine Ahnung, was für Blicke der Pfleger und meine Besucher miteinander wechseln. Jedenfalls schließt sich die Tür wieder, und der Pfleger scheint nicht mehr im Raum zu sein.

»Es tut mir unendlich leid, Selma. Ich hätte vorsichtiger sein müssen. Am Steuer muss man nach vorne schauen.«

»Toll! Kluge Erkenntnis, Robert!«, fahre ich ihn an. »Noch so ein Hätte-Mensch. Ich liebe Hätte-Menschen. Hätte. Hätte. Hätte. Hättest du darauf verzichtet, uns deine Bonzen-Karre vorzuführen! Hast du aber nicht! Hättest du als Fahrer darauf bestanden, dass wir uns hinten anschnallen! Hast du aber nicht! Und jetzt bin ich blind!«

Es ist ruhig, und ich wimmere leise vor mich hin. Noch mehr Seufzen und Schluchzen ist zu hören. Ich vermute, Julia und auch Robert haben ihre Gefühle jetzt überhaupt nicht mehr im Griff. Minuten vergehen. Kurz kommt mir der Gedanke, dass ich das mit dem Anschnallen gerade auch Robert in die Schuhe geschoben habe. Ich bin ja kein kleines Kind, ich hätte mich unaufgefordert anschnallen müssen. Aber das ist mir in diesem Augenblick egal. Roberts Schuldpaket soll ruhig noch schwerer werden. Er hat es verdient, und zwar so was von!

»Wenn ich es wiedergutmachen könnte, würde ich es tun«, sagt er schließlich.

Mir schießt ein Gedanke durch den Kopf. Robert, meine große Liebe. Er könnte doch als Ausgleich für sein Versagen am Steuer, jetzt statt Julia mich als neue Freundin … Ich verbiete mir den Gedanken gleich wieder. Absurd. Was für ein Bullshit!

»Und mein Vater hat auch alle Hilfe angeboten«, fährt Robert fort. »Du weißt, er ist Chirurg. Plastische Chirurgie. Aber das wirst du nicht brauchen. So wie ich das sehe, sind das nur Schürfwunden, blaue Flecken, Prellungen. Die gehen von alleine weg.«

Sicher meint es Robert, getrieben von schlechtem Gewissen, gut. Aber es ist ein einziges Wort, das genügt, um mich wieder auf die Palme zu bringen.

»NUR Schürfwunden habe ich, mein guter Robert!« Wieder werde ich laut. »Ach Gottchen, alles halb so schlimm, ja, klar. Weißt du eigentlich, dass ich nie wieder etwas sehen werde? Dass ich blind bin, weil du in den Graben gefahren bist?«

Dieses Schreien ist mir wesensfremd. Aber ich kann nicht anders. Mir fällt eine Szene mit Mama ein, als ich noch klein war. Sie hat einen neuen Schnellkochtopf ausprobiert und etwas in der Gebrauchsanweisung falsch verstanden. Der Druck im Topf war gewaltig, als sie ihn geöffnet hat. Die Gemüsesuppe ist bis an die Decke geschossen. Ich bin gerade so ein Schnellkochtopf. Und Robert kennt die Gebrauchsanweisung nicht. Vielleicht gibt es auch keine Gebrauchsanweisung. Er hat jedenfalls den Deckel geöffnet.

»Ich weiß doch, Selma. Aber auch da hat mein Vater seine Hilfe angeboten, ich meine finanziell, er will …«

»HÖR AUF MIT DEINEM VATER!« Ich atme schwer und beiße mir heftig auf die Lippen. »Du musst selbst Verantwortung übernehmen für das, was du angerichtet hast. Ich brauche keine Schönheits-OPs und kein Geld.

Ich will wieder sehen, begreifst du das nicht? Ich will in Neuseeland Erdbeeren pflücken, eine Exkursion mit der Uni ans Wattenmeer machen oder mit dem Fahrrad zum Philosophiestudium fahren. Aber das geht alles nicht mehr. Da kann mir dein Vater nicht helfen. Und du nicht. Niemand kann mir da helfen. Aus. Vorbei. Finito.«

Ich lasse mich weinend in die Kissen zurückfallen. Keine Kraft mehr zum Aufbäumen. Dann tauche ich in meine unsichtbare Kapsel ein, fast schalldicht, nur einen undefinierten leisen Geräuschteppich nehme ich noch wahr, unbeholfene Sätze von Robert, vertröstende Worte von Julia. Ich öffne die Luke zur Kapsel nur noch einmal, als Julia mir etwas in die Hand drückt, eine Schachtel.

»Hier! Ich habe meinen Bruder gebeten, mir das zu besorgen.«

Ich öffne die Packung und ertaste ein Gefäß.

»Du musst hier drücken.« Julia führt mir die Hand, den Zeigefinger. »Mach es dir hier auf den Handrücken der rechten Hand. Und dann halte sie dir unter die Nase.«

»Das geht nicht, Julia, das Schlüsselbein rechts ist doch gebrochen.«

»Okay. Dann mach es mir auf die Hand, und ich reib es auf deinen anderen Handrücken.«

Ich drücke den Knopf. Das Geräusch eines Sprühstoßes. Sie reibt ihre Hand an meine.

»So, jetzt riech mal.«

Ich atme durch die Nase einen tiefen Zug ein.

»Donna Karan New York«, sage ich tonlos.

Julias Lieblingsparfüm. Sie hat es letztes Weihnachten von ihren Eltern geschenkt bekommen. Und sie hat nicht vergessen, wie ich mich für den Duft begeistert habe.

»Ich würde vorschlagen, Selma, das wird ab jetzt unser gemeinsamer Duft.«

»Wie? Ist das für mich?«

»Ja. Dann sind wir uns noch ein bisschen näher.«

Julia will mich aufmuntern. Aber sie erreicht mich nicht, weil sie nicht versteht, was uns unterscheidet. Sie hat ein gebrochenes Bein, Robert einen gebrochenen Arm. Ich aber, ich habe ein gebrochenes Herz. Gebrochene Beine und Arme wachsen wieder zusammen. Gebrochene Herzen nicht.

Stühlerücken, Julia umarmt mich, küsst mich auf die Wange, flüstert mir tatsächlich »Ich liebe dich« ins Ohr. Ihr Atem riecht nach Wrigley's Spearmint. Robert traut sich offenbar nicht, mich zu berühren. Abschiedsworte. Sie gehen in die Welt der Sehenden. Ich bleibe im Reich der Blinden zurück. Als sie gegangen sind, halte ich mir den Handrücken unter die Nase und sauge den Duft tief ein.

In den wenigen klaren Momenten in diesen ersten Tagen nach dem Besuch von Julia und Robert sage ich mir: Ich darf es mir nicht mit denen verscherzen, die nach so einem Ereignis an meiner Seite sind. Nicht dieses Schimpfen, das ganz schnell, bei einer falschen Bemerkung, in ein Beschimpfen übergeht. Auch bei meinen Eltern, bei meinem jüngeren Bruder Lennart habe ich mich schon mehrfach so wie bei Julia und Robert gehen lassen. So war ich doch vor dem Unfall nicht. Bin ich nur vorübergehend wehleidig, oder verwandle ich mich in eine Misanthropin? In einer Zeitschrift habe ich gelesen, dass Trauernde die ersten Wochen nach dem Tod des geliebten Menschen viel Zuwendung erfahren. Aber spätestens nach einem halben Jahr wandelt sich das in Ungeduld: Jetzt trauert die immer noch!

Wer bin ich anderes als eine Trauernde? Ich trauere um Selma, die Sehende. Maximal ein halbes Jahr habe ich also. Dann wird es einsam um mich.

KAPITEL 4

Meine Eltern sind beide gekommen. Zwei Wochen nach dem Unfall ist mein Klinikaufenthalt zu Ende. Ich darf nach Hause. Wir fahren mit dem Auto. Ich zittere vor Angst. Die Erinnerung an meine letzte Autofahrt (von der Fahrt mit dem Krankenwagen, an die ich mich nicht erinnere, abgesehen), die Unfallfahrt. Aber es geht nicht anders. Mit den öffentlichen Verkehrsmitteln wäre es noch schwieriger.

Die ersten Tage und Wochen zu Hause sind schlimm. Meine Mutter bemüht sich, es mir schön zu machen. Sie kocht fast jeden Tag ein anderes meiner Lieblingsessen, kauft tausend Teesorten oder Igelbälle für die Handmassage. Aber ich nehme das gar nicht richtig wahr, meine Seele ist eine düstere Zelle ohne ein Fenster zur Außenwelt.

»Wir haben eine Blindenlehrerin gefunden, eine Trainerin. Die würde dir erst mal privat einigen Unterricht geben. Mobilitätstraining und so.«

Ich hebe den Kopf in die Richtung, aus der ich die Stimme meines Vaters gehört habe. Wir sind im Wohnzimmer, ich sitze im Sessel der Ledergarnitur, die in einem ganz tiefen Blau gehalten ist. Oder ist sie doch schwarz? Ich erinnere mich nicht mehr. Sofort spüre ich einen Stich im Herzen. Nie wieder werde ich selbst überprüfen können, welche Farbe das Sofa hat. Auch weiß ich nicht, wie der Garten hinter unserem Haus mittlerweile aussieht. Sind schon Blätter gefallen? Jagen die Eichhörnchen noch durch die Bäume? Und in meinem Zimmer, liegen da noch die ganzen Abi-Unterlagen rum? Wie soll ich, wenn ich ein Buch oder einen Zettel in der Hand halte, herausfinden, was da draufsteht? Mir tut sich ein Ozean voller Fragen auf, und die Antworten liegen tausend Kilometer tief auf dem Meeresgrund.

»Ich brauch keine Lehrerin«, sage ich trotzig. »Ich habe monatelang fürs Abi gebüffelt. Das muss reichen.«

Mir ist klar: Diese Aussage ist nicht logisch. Kein Ausbund an Intelligenz. Aber ich will einfach nicht logisch sein. Logisch ist auch nicht, dass mich eine schwarze Wand und eine alte Ulme zerstören.

»Selma, die Lehrerin wird dir die Blindenschrift beibringen. Auch wie du am Computer arbeiten kannst. Außerdem lernst du, mit einem Blindenstock zu gehen. Das macht dich unabhängiger«, sagt mein Vater mit einem fast flehenden Unterton.

Ich atme schwer. Will da jemand sagen, ist doch alles halb so wild?

»Ich werde nie wieder unabhängig sein. Immer abhängig von der Hilfe anderer. Da kannst du dich nicht hineinversetzen. Niemand!«

Nicht zum ersten Mal unternimmt mein Vater den Versuch, mein Denken nach vorne auszurichten. Er nervt mich damit. Ich kann nicht gedanklich nach vorne schauen, wenn in meinem Kopf nur Bilder von Ulmen und zerquetschten Autotüren auftauchen. Ich kann keine Ratschläge hören, wenn in meinem Kopf das Geräusch einer Metallschere dröhnt, die eine Karosserie aufschneidet. Ich kann nicht an eine Zukunft denken, wenn meine Träume von vor wenigen Wochen in ein Land namens Absurdistan ausgewandert sind.

»Du kannst der Lehrerin absagen. Ich will das nicht.«

Mein Vater sitzt irgendwo auf dem Sofa. Ich höre, wie er sich erhebt, im Wohnzimmer umherläuft.

»Aber wie stellst du dir denn deine Zukunft vor?«, fragt er schließlich, und ich glaube, eine leichte Ungeduld in seiner Stimme zu hören. »Willst du dich für immer hier im Haus und in deinem Zimmer verkriechen?«

»Ach, geh ich euch auf den Keks? Wollt ihr mich hier weghaben? Weil ja der Plan war, dass ich irgendwo studiere und ihr das Haus dann sanieren könnt?«

Meine Stimme hat wieder dieses Schrille. Als ob der Unfall auch ein paar Stimmbänder zerkratzt hätte. Ich mag mich so nicht hören, muss mich aber auch wehren. In mir kocht es, brodelt es seit dem Unfall, manchmal explodiere ich. Neben dem Bild vom Schnellkochtopf ist mir ein anderes für meine Wutausbrüche eingefallen: das vom Old Faithful, dem regelmäßig aktiven Geysir im

Yellowstone Nationalpark. Den habe ich mir vor wenigen Wochen noch angeschaut. Die USA-Reise, direkt nach der Abi-Feier. Das Geschenk meiner Eltern zum Schulabschluss. Fast bin ich erleichtert, dass der Unfall erst danach stattfand. Sonst hätte ich auch das nicht erlebt.

»Selma, wie kommst du denn auf so was? Wir wollen dich doch nicht weghaben.« Meine Mutter ist auch irgendwo im Raum und wirkt konsterniert.

»Weil ich nur noch eine Last für euch bin. Ihr müsst euch um mich kümmern, sucht mir eine Blindenlehrerin aus und lauter solche Sachen. Ich will aber nicht mehr von euch abhängig sein. Ich will meine Freiheit! Das ist doch mit achtzehn Jahren ein ganz normaler Wunsch! Könnt ihr oder wollt ihr das nicht begreifen?«

Mein Old Faithful spuckt wieder heiße Gischt aus. Ich erhebe mich und taste mich zur Wendeltreppe, die in den ersten Stock und zu meinem Zimmer führt. An der Treppe stoße ich mir das Schienbein und schreie vor Schmerz auf. Ich setze mich auf die Treppe und habe meine Gefühle nicht mehr im Griff.

An meiner Wange spüre ich eine warme Hand, jemand setzt sich neben mich und nimmt mich in den Arm.

»Weinen ist gut, Selma.« Mehr sagt meine Mutter nicht. Minutenlange Stille, in denen ich nur mein eigenes Schluchzen höre.

»Warum hat es ausgerechnet mich getroffen?«, sage ich schließlich. »Sag mir, Mama, was habe ich getan, dass von fünf Leuten im Auto das Schicksal oder Gott oder wer auch immer gerade mich aussucht und sagt: Die mache ich jetzt zur Blinden! Warum ich? Kannst du mir darauf eine Antwort geben?«

Die Handflächen meiner Mutter sind jetzt etwas feucht. Sie atmet tief ein.

»Nein, das weiß ich nicht«, sagt sie nur.

»Womit habe ich mir diese Strafe verdient? War ich böse? Habe ich etwas getan, was mich von den anderen unterscheidet? Dann könnte ich es mir erklären. Aber weißt du, was das Problem ist?«

Ich drehe mich zu meiner Mutter hin. Sie antwortet nicht.

»Das Problem ist, dass mir nichts einfällt, womit ich diese Strafe verdient habe. Ich habe mich nicht angeschnallt, okay. Aber das haben Daniel und Luis auch nicht getan. Andere müssen dafür dreißig Euro Bußgeld bezahlen, ich bezahle mit dem Augenlicht. Was fällt mir sonst noch an Vergehen ein, für die ich bestraft werde? Klar, ich bin kein Engel. Ich habe in der neunten Klasse auf dem Mädchenklo geraucht. Ich habe außerdem Denise ein bisschen gemobbt, wie fast alle anderen. Denise, die Streberin mit der fetten Brille, auf deren Noten wir alle neidisch waren. Denise, die leicht gelispelt hat, was wir so gnadenlos imitiert haben. Aber als das zu viel wurde, habe ich mich an ihre Seite gestellt und den anderen gesagt, sie sollten damit aufhören. Und wir sind sogar fast so was wie Freundinnen geworden. Damit habe ich das doch wiedergutgemacht, oder?«

»Ja, mein Schatz, davon hast du mir schon mal erzählt.«

Natürlich kennt meine Mutter diese Geschichte. Wo ist eigentlich mein Vater? Ist er gegangen? Oder sitzt er noch auf der Couch? Wieder durchzuckt mich ein Schmerz, weil ich mir so eine einfache Frage jetzt nicht beantworten kann. Ich weine heftig.

»Vielleicht müsst ihr mir Zeit lassen«, bringe ich schließlich hervor. Und bereue den Satz sogleich. Er klingt nach einer baldigen Kapitulation.

»Komm, Selma, ich lass dir jetzt ein Bad ein. Ich habe eine tolle Duftrichtung entdeckt. Walnuss-Lavendel. Mit ganz viel Schaum.«

Niemals werde ich diesen Blindenunterricht besuchen, die Brailleschrift lernen. Denn dann denken die anderen: Na, jetzt hat sie ihren Weg gefunden. Alles normal, alles gut! Blind sein. Ihr habt ja keine Ahnung, was das bedeutet!

KAPITEL 5

Die Auseinandersetzungen mit meinen Eltern nehmen zu. Auch weil ich mich so viel mit Lennart zoffe. Der geht mir so was von auf die Nerven! Dieses Pubertier. Die laute Musik in seinem Zimmer. Seine kribbeligen Kumpels, die er manchmal mitbringt und die immer durchs Haus lärmen. Dieses Pseudomachogequake. Ich kann dem allen nur entfliehen, indem ich meine Kopfhörer aufsetze und mich genauso zudröhne. Manchmal frage ich mich, ob ich eifersüchtig auf meinen Bruder bin. Er hat ein ganz normales Leben vor sich. Das Leben eines Sehenden. Kommen diese Gedanken, schäme ich mich sogleich dafür. Mein Bruder kann doch nichts dafür, dass ich blind bin oder dass er es nicht ist. Ich habe das Gefühl, der Unfall hat mein Gehirn mit einem Eimer schwarzen Teers getränkt. Nur finstere Gedanken, alles so sinnlos, warum noch leben. Mein Herz zieht sich fast jede Minute vor Schmerz zusammen, schlägt wild, als wolle es sich aus meiner Brust heraushämmern. Ich liege auf meinem

Bett, atme schwer wie eine Forelle an Land, die ihre letzten Züge macht. Was für ein seelisches Wrack bin ich durch ein einziges kurzes Ereignis geworden!

Du bist ein Sonnenkind, hat mir meine Mutter früher oft gesagt. Weil ich so lebensfroh war, gerne gelacht habe, mich für Dinge schnell begeistern konnte. Weil ich das Leben geliebt habe. Und jetzt? Jetzt hasse ich es. Ja, ich hasse das Leben. ICH HASSE ES.

Ich drehe die Musik in meinem Kopfhörer so laut auf, dass mir das Trommelfell schmerzt.

Ein lautes Haus. Ein zugedröhnter Kopf. Ein Gewirr der Stimmen da und dort.

Manchmal bin ich alleine zu Hause. Dann wage ich es, mich auszuprobieren. Ich taste mich zum Kühlschrank, öffne eine Flasche und errieche Milch. Aber die Grenze wird mir aufgezeigt, als ich mir ein Spiegelei braten will. Ich vergreife, vertaste mich. Fasse auf die sich erhitzende Herdplatte. Ich glaube, den Geruch schmorender Haut zu riechen, schreie laut. Auch noch, als meine Mutter Minuten später nach Hause kommt und mich zusammengekauert auf dem Küchenboden entdeckt, die linke Hand so fest um den rechten Unterarm gepresst, als könne ich damit irgendwo den Schmerz abdrehen. Meine Mutter untersucht die Wunde, offenbar ist es nicht ganz so schlimm, wie es mir der Schmerz signalisiert hat. Sie trägt eine Salbe auf und legt mir einen Verband an.

»Warum machst du denn so was?«, höre ich sie schimpfen. Mir ist alles egal. Habe ich halt auch noch eine verkohlte Hand. Was macht das schon bei einer Blinden!

»Warum lässt du dir nicht von einer Lehrerin helfen, Mensch, sag, Selma, warum, warum nicht?«

Ich schweige, trotze vor mich hin.

»Du musst deine selbst gebaute Höhle verlassen, sonst bleibst du immer im Dunkeln.«

»Selbst gebaut?«, wimmere ich. »Habe ich den Unfall selbst gebaut?«

»Den Unfall natürlich nicht. Aber du hast dir seitdem eine Höhle des Selbstmitleids, des Sturseins geschaffen. Und in dieser Höhle wirst du niemals glücklich!«

»Glücklich, das werde ich doch sowieso niemals … ach, vergiss es einfach, Mama, vergiss es.«

Meine Mutter verliert nur manchmal die Geduld mit mir, mein Vater ständig. Beide sagen, ich sei bockig, stur, wolle mich in mein Leid eingraben. Sogar zum Psychiater wollten sie mich bringen. Als ob ich gestört bin! Gestört ist doch, dass ich nichts mehr sehe. Dafür kann ich nichts.

Gestört sind auch Clara, Bibi, Hanna, Esther, Sophie. Auch Lukas, Manuel und Alex. Sie haben mir eine Karte geschrieben, gleich nach dem Unfall. Wie witzig, eine Karte! Als ob sie mich quälen wollen: Schau mal, was da Schönes drauf ist. Wenigstens war es eine Reliefkarte, damit ich auf der Vorderseite das Motiv ertaste.

»Ein Glücksschwein?«, frage ich meine Mutter.

»Nein, Selma, zweimal Raten hast du noch.«

Ich fahre weiter mit dem Zeigefinger die Konturen ab.

»Ein Weinfass?«

»Nein.«

»Ein Vogel?«

»Nicht schlecht, es ist ein Engel mit einer Sprechblase. Er sagt: *Hab dich lieb.*«

»Aha.«

Ein Engel also. Vielleicht ist es mein Schutzengel. Der hatte am Freitag, dem einundzwanzigsten Juni, seinen freien Tag, wie der Name schon sagt. Frei-Tag. Oder er hat Überstunden abgebaut. Nicht mal für eine Vertretung hat er gesorgt. Gekniffen hat er vor der schwarzen Wand. Versager-Engel!

»*Wir sind für dich da, Selma,* steht auf der Rückseite«, sagt meine Mutter, »Clara, Bibi, Hanna, Esther, Sophie, Lukas, Manuel, Alex.«

Alle aus meiner alten Klasse. Besucht haben mich von denen in den vergangenen sechs Wochen, seit ich zu Hause bin, nur Clara und Esther. Und die auch nur ein einziges Mal. Die anderen sind alle unterwegs. Erdbeerenpflücken in Neuseeland vielleicht. Manchmal kommst du zu der bitteren Erkenntnis, dass geglaubte Freunde nur oberflächliche Bekannte sind.

Julia kommt häufig. Aber nicht mehr lange. Im Oktober zieht sie nach Regensburg. Zum Jurastudium. Mit Robert will sie erst mal eine Fernbeziehung führen.

»Mit ihm hier jetzt zusammenziehen, das will ich nicht. Jedenfalls noch nicht. Wir sind ja kein Ehepaar«, kichert sie. Mir ist nicht nach Lachen zumute. Wenn sie am Wochenende nach München kommt, wird sie sich mit Robert treffen. Keine Zeit mehr für mich haben.

»Ich habe im Internet gelesen, dass man es in einem Experiment geschafft hat, den Sehnerv wiederherzustellen«, sagt sie.

»Echt?« Ich sortiere die Worte, die sie eben gesagt hat. Mein Puls beschleunigt sich.

»Ja, hier, warte, einen kleinen Augenblick.«

Sie liest mir vor, was an der Stanford University gelungen ist. Mit Chemikalien und bestimmten Stimulationen haben sie den Sehnerv zum Teil wiederbelebt.

»Und sieht der Blinde jetzt wieder was?«

»Äh, nein, die haben das mit einer Maus gemacht. Aber die hat offenbar wieder einen Schatten registriert.«

Eine Maus, die einen Schatten registriert. Das ist doch gar nichts, denke ich mir. Erzähle es aber trotzdem der Augenärztin, zu der mich mein Vater noch mal begleitet, ohne dass ich erkennen kann, was mir das bringt. Und die Ärztin warnt gleich. Man müsse diese Ergebnisse in Stanford mit Vorsicht aufnehmen. Der Sehnerv bestehe aus mehr als einer Million Nervenfasern. Und die seien bei einem Unfall wie meinem durchtrennt worden. Klar könne man hoffen, aber …

Hoffen, wie gerne würde ich das! Auf irgendeine Chance hinleben. Ich würde so gerne kämpfen, wenn ich damit mein Augenlicht wieder erhalten könnte. Wenn alles wieder so wäre wie vor dem Unfall! Aber dass Blinde wieder sehen, gibt's doch nur im Märchen. Reine Erfindung. In der Bibel steht auch was von Blinden, die wieder sehen werden. Wenn ich das richtig verstanden habe, wird das dort in ein Jenseits verschoben. Ich lebe aber nicht im Jenseits. Ich will im Diesseits sehen. Oder beim Kleinen Prinzen sagt der Fuchs: Man sieht nur mit dem Herzen gut. Das macht mich aggressiv. So ein Gesülze! Das können die leicht sagen, die nicht blind sind. Das Wesentliche ist für die Augen unsichtbar, sagt der Fuchs weiter, wenn ich mich richtig erinnere. Postkartensprüche. Für mich ist das kein Trost und schon gar keine Hoffnung. Um zu hoffen, braucht man realistische Perspektiven. Forscher in Stanford, die sagen: Wir haben den Durchbruch geschafft! Wir werden als Nächstes einer achtzehnjährigen Deutschen den Sehnerv wieder zusammenflicken!

Auch etwas anderes kann helfen, wenn man hoffen will: Vorbilder, an denen man sich orientieren kann. Menschen, die gekämpft haben und scheinbar Unmögliches geschafft haben. Eine Blinde mit durchtrenntem Sehnerv, die wieder sieht, dafür fehlen mir Vorbilder. Es gibt sie nicht. Wie heißt es im Sprichwort? Die Hoffnung stirbt zuletzt. Bei mir ist sie zuallererst gestorben. Im Krankenhaus, als dieser Dr. Hollweck meinem Vater gesagt hat, was Sache ist. In meinem Fall existieren keine realistischen Perspektiven und keine Vorbilder. Es gibt nichts mehr zu hoffen. Da braucht man nicht lange um den heißen Brei herumzureden.

Was sagt noch mal die Augenärztin zu den Stanford-Ergebnissen? Klar könne man hoffen, aber …

Ich merke schon an ihrer Stimme, um wie viel gewichtiger die Aber-Worte sind, die folgen. Wenigstens ist sie keine Märchenerzählerin, keine Jenseitsvertrösterin, keine altkluge Füchsin. Realistisch ist, dass ich mich auf ein Leben in völliger Blindheit einrichte, bleibt mir nur als Schlussfolgerung. Aber kann, will und werde ich das tun? Mich in diesem neuen Leben einrichten?

Ich liege in meinem Bett und höre Radio. Weil ich dann, immer wenn die Nachrichten kommen, weiß, ob es hell oder dunkel ist und ob es jetzt Zeit ist zum Einschlafen. Zweiundzwanzig Uhr. Aus dem Schlafzimmer gegenüber höre ich gedämpfte, erregte Stimmen. Meine Eltern streiten wieder. Das haben sie auch schon vor dem Unfall getan. Jetzt aber geschieht es häufiger, heftiger. Ich lausche, schnappe ein paar Satzfetzen auf.

»… dann müssen wir sie einweisen lassen, wenn's nicht anders geht, mit …«

»… verrückt … das eigene Kind?«

»Ach, mir reicht's … Irrenhaus …«

»Du bist doch nur noch …«

»Und du erst … Du hast doch … Und du …«

Türenschlagen. Das Klappern eines Schlüsselbundes. Schnelle Schritte. Draußen springt ein Motor an. Ein wegfahrendes Auto.

Wenn das so weitergeht, bringt der Unfall meine Eltern noch auseinander. Diese Gewitter von Du-Botschaften. Bei den Streitereien früher haben sie sich meist noch am selben Tag wieder zusammengerauft. Jetzt bleibt mein Vater manchmal die ganze Nacht weg. Ob er eine Freundin hat? Und nur noch einen Vorwand sucht, um meine Mutter und natürlich auch Lennart und mich zu verlassen?

Ich überlege, ob das schlimm wäre, wenn er ganz wegginge. Er schimpft so viel mit mir, ist oft gereizt. Letztens hat er offen von meiner Mitschuld am Unfall gesprochen, weil ich nicht angeschnallt war. Da bin ich völlig ausgerastet, obwohl ich mir selbst diesen Vorwurf auch mache. Aber das ist etwas anderes. Einem anderen, und wenn er mein Vater ist, steht es nicht zu, mich in dieser Sache schuldig zu sprechen. Denn die Konsequenzen, die ich tragen muss, stehen in keinem Verhältnis zur Ursache. Blindheit für Nichtanschnallen. Geht's noch?

Ich frage mich wieder, ob es schlimm wäre, wenn mein Vater ginge. Emotional ist er mir schon immer etwas fern gewesen. Durch den Unfall, seine Vorwürfe, die vielen Streitereien ist er mir noch fremder geworden. Deswegen ist die Antwort, ob es auch ohne ihn ginge, eine doppelte: Emotional vielleicht schon, zumindest im Augenblick, aber praktisch gesehen geht es nicht ohne ihn. Ich bin von ihm abhängig wie auch von meiner Mutter. Er hilft mir im Haus und begleitet mich, wenn meine Mutter arbeitet, bei den wenigen Malen, wenn ich das Haus verlasse. Als Zahnarzt hat er zeitliche Spielräume, zumal er die Praxis gemeinsam mit zwei Kolleginnen betreibt. Da kann ihn immer mal jemand vertreten. Meine Mutter, Kunsthistorikerin in der Alten Pinakothek, hat zwar Gleitzeit, ist aber nicht so flexibel. Nach dem Unfall haben meine Eltern den geplanten Urlaub in Schweden gestrichen. Meine Mutter hat für meine Zeit im Krankenhaus ihren kompletten Resturlaub genommen. Vielleicht sind die beiden auch deswegen so gereizt.

Urlaube, die ausfallen. Zeiten der Nähe, die fehlen. Aggressionen, die wachsen.

Der Schlüssel für eine Verbesserung der Situation, das wird mir nach dem Streit der beiden heute klar, liegt auch bei mir. Ich stemme mich aus dem Bett und taste mich zur Schlafzimmertür meiner Eltern. Ich höre, wie meine Mutter vor sich hin schluchzt.

Bevor ich das Schlafzimmer betrete, setze ich mich auf die niedrige Kommode im Flur, um nachzudenken. Um mich herum geht die Welt scheinbar unter. Ich selbst bin verbittert, weil meine Lebensträume zerstört sind. Meine Eltern streiten sich, leben sich immer mehr auseinander, nicht nur, aber auch wegen des Unfalls. Lennart in seiner Pubertät setzt das sicher hart zu. Bisher habe ich mich nicht gefragt, was es für ihn bedeutet, jetzt eine blinde Schwester zu haben. Sollte ich aber tun! Alle Zeichen im Hause Thierer stehen auf Krise, schwerste Lebens- und Familienkrise. Was nur kann ich tun, um dem wenigstens ein bisschen entgegenzuarbeiten? Wenn man in Krisenzeiten den Dingen einfach nur seinen Lauf lässt, ist irgendwann völliges Land unter. Auch wenn ich nicht schuldig an meiner Lebenskrise bin, befreit mich das nicht von der Aufgabe, gegen die Krise anzugehen. Das sagt mir jetzt eine innere Stimme. Ich kann nicht in diesem Klagestatus, in dieser Lethargie bleiben.

Was bringt mich zu dieser Einsicht? Vielleicht weil ich merke, wie ich durch mein Verhalten andere mit herunterziehe. Andere, die mir wichtig sind, weil sie meine Familie sind, und die es nicht verdient haben, auch noch

Leidtragende des Unfalls zu werden. Ich glaube, wenn man in einer unverschuldeten persönlichen Krise steckt, darf man sich eine Zeit lang gehen lassen, jammern, selbstmitleidig sein. Aber das muss ein Ende finden, wenn es auf Kosten anderer geschieht; denn sonst macht man sich schuldig.

Was aber, so frage ich mich, kann ich konkret tun, um eine positive Entwicklung in Gang zu setzen, gerade wenn es mir so unendlich schwerfällt, aktiv zu werden? Mir kommen Sätze meiner Eltern in den Sinn, die sie die letzte Zeit oft gesagt haben und die bei mir nur bockige Reaktionen ausgelöst haben. Vielleicht, wenn ich mich mal auf diese Sätze, diese Forderungen einlasse? Ich betrete das Schlafzimmer meiner Eltern und taste mich zum Bett vor, in dem meine Mutter liegt und weint.

»Mama, bitte ruf morgen diese Blindenlehrerin, diese Trainerin, an. Ich will das mal versuchen.«

Manchmal muss man sich einen Ruck geben,
über den eigenen Schatten springen,
den inneren Schweinehund überwinden.
Oder anders gesagt:
Manchmal muss man die Höhle verlassen.

KAPITEL 6

Eine der schlimmsten Auseinandersetzungen meiner Eltern vor dem Unfall drehte sich ums Tanzen. Meine Mutter liebt es, mein Vater hasst es. Irgendwann hatte meine Mutter es geschafft, meinen Vater an einem Sonntagnachmittag zu einem Tangokurs zu bewegen. Als sie zurückkamen, stritten sie laut und ohne Rücksicht auf uns Kinder. Der gockelgleiche argentinische Tanzlehrer, die viel zu laute Musik, die stehende Luft in diesem Saal – das Lästern meines Vaters nahm kein Ende. Meine Mutter warf meinem Vater vor, er sei nur mitgegangen, um Argumente gegen das Tanzen zu sammeln und alles schlechtzureden, damit er nie wieder mitmüsse. Mit seinem mantramäßigen *Na siehste, ich hab's doch gleich gewusst* begrabe er ihren Wunsch nach einem gemeinsamen Tanzkurs für alle Zeit. Daran denke ich jetzt, als Sonja bei uns klingelt. Ich werde Gründe finden, warum eine Blindenlehrerin oder Blindentrainerin, oder wie immer sie sich bezeichnet, bei mir sowieso keinen Sinn hat. Sie ist sicher hilfreich für Kinder, die blind auf die Welt kommen oder früh erblinden. Die kennen die sichtbare Welt nicht. Die wissen nicht um das, was sie verloren haben, und sind viel besser zu motivieren. Außerdem habe ich mal gelesen, das beste Lernalter sei zwischen zwölf und vierzehn Jahren. Da bin ich schon lange drüber weg. I'm sorry, it makes no sense at all!

Ja, jetzt widerspreche ich mir selbst. Vorgestern noch, beim Nachdenken vor dem Schlafzimmer meiner Eltern, wollte ich meine Höhle verlassen, mich positiv verhalten, meine Eltern mit meiner Einsicht aufbauen. Die innere Stimme, wo auch immer sie herkam, hat mir ein wenig Schwung gegeben, mal was auszuprobieren. Ich habe meine Mutter gebeten, diese Trainerin anzurufen. Jetzt, wo sie da ist, fallen alle guten Gedanken zusammen wie Dominosteine, einer nach dem anderen. Mein Inneres ist labil, meine Vorsätze sind auf Watte gebettet und ohne die Kraft, kleinsten Verunsicherungen standzuhalten. Allein dass jetzt jemand kommt, der mir helfen will, macht mich trübsinnig und destruktiv. Denn die Trainerin will mir helfen, als Blinde zu leben. Ich will aber nicht als Blinde leben. Ich habe große Angst, mein stark beschränktes Leben zu akzeptieren, wenn ich Hilfe annehme. Die innere Stimme, die vor ein paar Tagen gesprochen hat, ist jetzt verstummt und überlässt das Feld einer anderen Stimme, die sagt: Wehr dich! Akzeptier das nicht! Hadere mit deinem Schicksal! Auch wenn ich ahne, wie unsinnig die Argumente dieser Stimme sind, bin ich ihr wehrlos ausgeliefert.

Mein Vater bittet Sonja ins Wohnzimmer, spricht nur wenige Sätze mit ihr und lässt uns dann allein. Ich nehme an, das haben sie vorher so abgesprochen.

»Hi, ich bin Sonja. Ich bin Rehabilitationslehrerin und LPF-Trainerin. LPF steht für lebenspraktische Fähigkeiten. Außerdem unterrichte ich auch Brailleschrift. Ich bin achtundzwanzig Jahre alt, sehend und habe ähnlich lange Haare wie du, äh, darf ich überhaupt Du sagen, Selma? Wenn das mit uns beiden was werden sollte, so als Trainingspaar, dann ist es leichter, wenn man sich duzt. Aber siezen ist auch okay. Wie wollen wir es halten?«

Vor mein inneres Auge treten die Niagarafälle, die ich auf meiner Amerikareise besucht habe. Diese unglaublichen Wassermassen, die ins Tal stürzen. Auch in mir bewegt sich gerade viel. Zu viel. Ich kann es nicht greifen. Sonja ist die erste Person, die mich nur als Blinde kennt. Ihre Stimme ist warm, die Worte freundlich, offen. Vor dem Unfall hätte ich mich mit ihr vielleicht auf Anhieb, sozusagen blind (haha) verstanden. Aber jetzt will sie mir was andrehen, aufschwatzen. Das ist ihr Job, sie will eine neue Kundin gewinnen, spielt das Freundliche vielleicht nur.

»Selma, habe ich was Falsches gesagt? Dann tut es mir leid.«

Ich weiß nicht, wie lange ich schweige und an die Niagarafälle denke. Wir waren noch vor Sonnenaufgang mit dem Bus angekommen, hatten erst nur das Rauschen gehört und dann, als ob ein Vorhang sich langsam öffnet, die Fälle entdeckt. Wie eine Wand aus Lametta sah das glitzernde Wasser aus.

»Selma?«

»Äh, ja, ist schon okay, wir können Du sagen.«

»Schön, das freut mich. Darf ich dich mal ganz direkt etwas fragen?«

Sie erwartet eine Reaktion von mir. Ich nicke leicht.

»Ich weiß, dass du gerne wieder sehen würdest. Das ist sicherlich dein größter Wunsch. Ist ja auch völlig logisch. Aber wenn wir den jetzt mal hintanstellen. Was wäre denn dann dein größter Wunsch gerade?«

Dieses Mal zögere ich nicht lange. Ich will diese Sonja überfordern.

»Ich würde gerne ohne fremde Hilfe meine Klamotten im Schrank auswählen und die Farben der Kleider wissen. Ich möchte wissen, wie ich aussehe. Ob ich mal wieder zum Friseur muss. Wie meine Schminke sitzt. Ich möchte Spiegeleier kochen, ohne mir die Hand zu verbrennen. Und ich möchte Fahrrad fahren. Außerdem möchte ich in Neuseeland Erdbeeren pflücken. Und einen Freund haben, der mich liebt und immer für mich da ist.«

Puh, was war jetzt das?, denke ich mir. Was ist da alles aus mir herausgebrochen? Wie ein Wasserfall habe ich gerade geredet. Die Niagarafälle. Ich weiß auch, warum ich das eben getan habe. Jetzt kann Sonja ihre Sachen packen, und ich habe ein für alle Mal Ruhe vor diesen unseligen Aufforderungen meiner Eltern. Ich habe guten Willen gezeigt, aber, *na siehste, ich hab's doch gleich gewusst!*

»Ich schreibe gerade mit«, sagt Sonja. »Mehr nicht? Weiter bitte!«

Jetzt will die mich auf den Arm nehmen. Und dafür sollen meine Eltern oder die Krankenkasse auch noch Geld bezahlen, unverschämt! Aber gut, wenn sie es unbedingt will. Ich bin noch lange nicht fertig. Und ich habe es ihr zu leicht gemacht.

»Ich möchte den Führerschein machen. Außerdem eine Ausbildung als Pilotin bei der Lufthansa.«

Das Letzte ist mir spontan eingefallen. Aber ist doch ein erstklassiges Totschlagargument.

»Oder ich möchte studieren. Biologie. Mit Exkursionen in die Hochalpen und Praktikum am Wattenmeer. Oder Philosophie studieren. Oder Medienwissenschaften. Oder Germanistik. Aber Lehrerin will ich nicht werden. Eher in einem Verlag arbeiten.«

Ich kämpfe mit den Tränen, aber halte sie zurück. Sonja schweigt. Oder ist sie gegangen? Würde mich nicht wundern. Denn meine Wünsche kann sie nicht erfüllen. Was will sie also noch hier? Es bleibt still. Aber ich höre ein leises Geräusch: einen Stift, der sich über Papier bewegt. Außerdem das Rascheln von Papierblättern.

»Bist du noch da?«

»Ja, klar, meinst du, ich gehe einfach so?«

»Ehrlich gesagt, ja.«

»Wieso?«

»Weil du passen musst. Du bekommst nichts von alldem hin.«

»Ja, Selma, das stimmt, ich bekomme davon wirklich nichts hin.«

Wieder sind nur der Stift und das Papierrascheln zu hören.

»Und was machst du dann noch hier?«

»Äh, ich bin sofort wieder für dich da. Du hast nur so schnell gesprochen, da komme ich mit dem Schreiben nicht nach. Kleinen Augenblick. Ich mache mir gerade Listen.«

Listen? Ich stutze. Was denn für Listen? Ich denke an meine früheren Pro- und Contra-Listen. Mir kommt ein Verdacht. Ist das hier alles eine inszenierte Veranstaltung?

»Kennst du Robert und Julia?«

»Äh, nein, sollte ich die kennen?«

Ihre Antwort ist schnell gekommen. Sie scheint sie wirklich nicht zu kennen. Also haben die ihr nichts von meinem Listentick erzählt. Meine Eltern kennen den Tick nicht. Oder jedenfalls nicht so genau. Ist das also Zufall, dass Sonja auch Listen macht?

»Was für Listen machst du?«

»Also, Selma, entschuldige. Ich habe mir jetzt alle deine Wünsche auf jeweils ein Blatt Papier geschrieben. Links habe ich eine Zeitleiste aufgemalt. Dort können wir die Termine eintragen, bis wann wir die Ziele erreicht haben wollen, auch in welchen Etappen. In die Spalte daneben tragen wir ein, wann der Fortschritt tatsächlich erfolgt ist.«

Sag ich doch, die nimmt mich auf den Arm. Erst lockt sie die Wünsche aus mir hervor, dann sagt sie, sie kann mir bei keinem helfen. Und schließlich quasselt sie was von Zielen und Etappen. In mir steigt wieder Wut hoch.

»Können wir das jetzt mal beenden? Ich find das nicht komisch.«

»Warum denn beenden? Du nennst mir Wünsche. Ich skizziere, wie die Ziele in welchen Etappen zu erreichen sind …«

»Du hast doch gesagt, du bekommst von alldem nichts hin!« Jetzt ist mein Ton schon wieder fast so schrill, wie wenn ich mich mit meiner Familie zoffe.

»Ja, das stimmt. Ich bekomme das alles nicht hin. Wo sind wir denn? Bin ich Gott? Ich kann dir das nicht erfüllen. Aber …«

»Was aber?«

»Aber jemand anderes kann dir die Wünsche erfüllen, Selma.«

Ich stutze. Irgendwie verstehe ich gerade Bahnhof.

»Wer soll denn dieser andere sein?« Meine Stimme ist scharf, genervt. Ist sie von irgendeiner Sekte und zieht mir jetzt einen Guru aus dem Hut? Es dauert eine Weile, dann sagt Sonja nur ein Wort.

»Du.«

»ICH???«

»Ja, wer denn sonst! Schau mal. Ich, Sonja Ziemer, habe ja auch Wünsche. Zum Beispiel will ich mir ein neues Sofa für meine Wohnung kaufen. Nehmen wir mal an, du willst mir dabei helfen. Dann kannst du mir sagen, ob du ein tiefes Sofa wie die Amerikaner oder eher was solides schwedisches oder ein gutbürgerliches deutsches

Sofa oder ein Designsofa von Rolf Benz besser findest. Du kannst mir vielleicht Geld leihen, wenn es ein teures Objekt ist. Du kannst mir noch viele andere Hilfen geben. Aber entscheiden und kaufen und finanzieren, Selma, das muss ich, oder?«

Jetzt ist Sonja richtig laut geworden. Das hätte ich nicht erwartet.

»Okay, dann gib mir mal einen Rat, wie ich Lufthansa-Pilotin werde.«

Papierrascheln.

»Pilotin oder Pilot werden wollen ungefähr hundertmal so viele, wie es Plätze gibt«, sagt Sonja. »Da sind die Chancen schlecht, wenn du kein Überflieger-Abitur hast. Hast du eins?«

Ich halte kurz inne, dann pruste ich los, kann das Lachen nicht mehr kontrollieren, ein richtiger Anfall.

»Was ist denn so lustig?«

»Du hast gesagt Überflieger-Abitur. Wenn man Pilotin werden will …«

Sonja bleibt stumm. Irgendwie ist diese Frau schon eigen. Sie sagt nicht, ich kann keine Pilotin werden, weil ich blind bin. Sie verweist stattdessen auf die Abi-Note.

»Wenn ich ein Überflieger-Abi hätte, wie würdest du mir raten, weiter vorzugehen? Damit ich dann also die erste blinde Pilotin werde!« Ich rede jetzt wieder ganz ruhig. »Ich stelle mir das jetzt mal vor: Guten Tag, liebe Passagiere, hier spricht Selma Thierer, Ihre blinde Kapitänin … Was glaubst du, was da im Passagierraum abgeht!«

Wieder bekomme ich einen Lachanfall. Und jetzt hält es auch Sonja nicht mehr. Es dauert, bis sie wieder sprechen kann.

»Also, Selma, ich will ehrlich sein. Pilotin ist der schwierigste Wunsch. Aber auch da können wir erst mal eine Etappe angehen. Ich habe einen Freund, der ist Pilot. Er hat mich schon mal mitgenommen und mir das Cockpit erläutert. Ich frage ihn mal, ob er dich auch mal mitfliegen lässt. Dann würdest du zumindest schon mal im Cockpit dabei sein.«

Sonja geht mit mir jetzt Wunsch für Wunsch durch. Mir wird schnell klar, dass ich mich auch als Nichtblinde für eine der genannten Ausbildungen entscheiden müsste und nicht alle gleichzeitig ausüben könnte. Sie hat Ideen, wie man die Wünsche umsetzen könnte, weist aber auch auf Barrieren hin, die sich auftun.

»Den ersten Wunsch können wir jetzt gleich umsetzen.«

»Welcher war das?«

»Klamotten aussuchen, Farbe der Kleider bestimmen, habe ich mir aufgeschrieben. Komm, wo ist dein Kleiderschrank?«

Ich führe sie und sie mich die Treppe hoch zu meinem Zimmer. Den Kleiderschrank kann ich schon einigermaßen ertasten. Ich öffne ihn.

»Such dir mal was Schönes raus«, fordert mich Sonja auf. Ich ertaste den Stapel mit den T-Shirts, nehme das oberste in die Hand.

»So, dann zeig mir mal, wie ich die Farbe herausfinden soll!«, sage ich trotzig und weiß, Sonja kann jetzt nur verlieren. Sie kramt irgendetwas hervor, drückt es mir in die Hand.

»Los, halt es über das T-Shirt! Und dann drück auf den Knopf.«

Ich tue, was sie mir sagt.

»Türkisblau«, sagt eine künstliche Stimme.

»Was ist das?«

»Na, dreimal darfst du raten. Ein Farbbestimmungsgerät. Schenk ich dir.«

»Oh, danke«, sage ich und spüre zugleich zwei Seelen in meiner Brust. Die der Freude, dass es mit dem Gerät einen kleinen Fortschritt gibt, die der Verzweiflung, dass alles jetzt so mühselig ist.

Nüchtern betrachtet ist das hier ein erster winziger Schritt in ein selbstständiges Leben als Blinde. Vor meinem Unfall habe ich einen Bericht von einer Bahnradfahrerin gesehen, die nach einem Zusammenprall mit einem anderen Radfahrer querschnittgelähmt ist. Sie hat schon bald, nachdem sie im Rollstuhl saß, erste Übungen gemacht, um vom Rollstuhl selbstständig ins Bett zu kommen. Sie hat sehr optimistisch gewirkt, will ihr neues Leben mit Kampfgeist annehmen und das Beste daraus machen. Sie fällt mir jetzt ein, während ich das Plastikgehäuse des Farbbestimmungsgeräts in Händen halte. Ja, das ist schon auch so ein erster Schritt in ein neues Leben, aber … Ich spüre ein Stechen in der Brust, einen Herzschmerz. Woher kommt der nur? Ich glaube, das hängt mit dem langen, dem sehr langen Weg zusammen, den ich vor mir sehe. Ein Weg, dessen Ende ich nicht erkenne.

Ich bin auf den Status eines Kleinkindes zurückgeworfen, das alles neu erlernen muss wie mein Opa nach dem Schlaganfall. Er war halbseitig gelähmt, musste mühselig lernen, die Finger auch nur wenige Millimeter zu bewegen oder die Worte halbwegs hervorzubringen. Ein halbes Jahr später ist er gestorben, ohne dass er wirkliche Fortschritte gemacht hat. Im Unterschied zu ihm habe ich vermutlich noch ein langes Leben vor mir. Wieder wie ein Kleinkind das Leben lernen ... Es gibt einen Unterschied zum Kleinkind: Das lernt schnell und ohne groß nachzudenken, wie man geht, spricht, isst. Für mich ist von diesen drei grundlegenden Dingen nur das Sprechen problemlos weiterhin möglich. Was ist mir sonst noch von früher geblieben? Der Verstand, ja, okay, ich hätte eine schwere Schädelverletzung davontragen können. Auch möchte ich nach wie vor chic aussehen, mein Modebewusstsein ist geblieben; mit diesem Farbbestimmungsgerät kann ich es wenigstens ein bisschen ausleben, auch kann ich die Stoffe genauer ertasten lernen. Mein Sinn für Schönheit ist mir geblieben, ich habe immer auf mein Äußeres geachtet, ja, ich bin ein wenig eitel, aber wer ist das denn nicht mit achtzehn?

Ich wage eine Frage, die mich schon im Krankenhaus beschäftigt hat.

»Wie sehen meine Augen eigentlich aus, ich meine, wenn ich dich so anschaue, wo schaue ich denn da hin?«

»Du schaust in meine Richtung, Selma, weil du sehr gut wahrnimmst, von wo meine Stimme kommt. Du hast wunderschöne blaue Augen. Aber …« Sonja zögert.

»Aber was?«

»Aber … Also, ich will da ganz ehrlich zu dir sein. Wenn sich Menschen unterhalten, auch in einer kleinen Gruppe, dann schauen sie sich dabei in die Augen. Eine blinde Person hat keinen Blickkontakt mit anderen mehr und schaut unter Umständen am Gegenüber vorbei.«

»Und das Gegenüber denkt dann, man interessiert sich nicht für das, was es sagt.«

»Genau, so könnten es Sehende empfinden, die keine Erfahrung mit Blinden haben.«

»Das ist doch aber auch total bescheuert, wenn ich so in die Luft schaue beim Reden!« Ich merke, wie in mir wieder Tränen hochsteigen.

»Ja, deswegen kann man auch etwas tun. Das machen viele Blinde. Ich würde mir eine total schicke Sonnenbrille zulegen. Die tragen viele Frauen, auch Sehende. Ist einfach total hip, sexy, cool, such dir ein Wort aus.«

»Ich soll eine Sonnenbrille tragen?« So langsam sickern die Worte in mein Gehirn.

»Ja, unbedingt. Es gibt auch noch einen praktischen Grund. Sie schützt dich. Kann sein, dass mal irgendwo ein Ast runterhängt. Oder sonst was, was dich verletzen kann, und eben auch deine Augen. Und deine himmelblauen Augen solltest du schützen. Die sind es wert.«

Ich setze mich auf mein Bett, Sonja auf meinen Schreibtischstuhl, wie ich aus dem Quietschen schließe.

Zum ersten Mal seit dem Unfall habe ich einen Lachanfall gehabt. Davor hatte ich die so oft. Jetzt fällt alles Frohe, alles Leichte, was eben in meinem Herzen auflebte, mit einem Mal zusammen wie ein gerade aufgebautes Zelt, das vom Sturm weggeweht wird, noch ehe die Heringe fest eingeschlagen sind.

In meinem Inneren erlebe ich Wechselbäder der Gefühle. Eben noch die Hoffnung, wieder Farben bedingt zu erkennen, jetzt die Verzweiflung darüber, immer mit einer Sonnenbrille herumzulaufen. Der Blickkontakt ist doch so wichtig für gute Gespräche. Und funktioniert nicht die Liebe über Blicke?

Wer wie ich einen Schicksalsschlag erlebt, hat von heute auf morgen ein anderes Leben. Und schlimm ist es zu wissen, dass ich mein altes Leben nie mehr haben werde. Ich stelle mir vor, wem das genauso geht: Eltern, deren Kind von einem Bus überrollt wird und stirbt; Frauen, die die Diagnose Krebs bekommen und denen die Brust entfernt wird; Männer wie mein Opa, der nach dem Schlaganfall nie wieder ins Leben zurückgefunden hat. Ich beginne, das Schicksal anderer mit meinem zu vergleichen, und habe ein schlechtes Gewissen dabei, warum auch immer. Jeder hat sein eigenes Päckchen zu tragen, hat mir Oma mal gesagt, die schon vor meinem Opa gestorben ist. Mein Päckchen ist die Erblindung. Schaffe ich es, das Päckchen zu tragen? Und Päckchen ist viel zu verniedlichend, es ist ein riesiges Paket!

Alles, was ich mir wünsche, wird so ein unendlich langer Weg. Ein Spiegelei braten ist genauso viel Aufwand wie für andere Fassadenklettern an einem Frankfurter Bankenhochhaus.

»He, ist alles nicht so einfach, Selma.«

Ich erwache wie aus einem Traum, schluchze ein bisschen vor mich hin.

»Ja.«

»Du denkst sicher oft an den Unfall.«

»Hm.«

»Ich mach dir mal einen Vorschlag. Das Wort ›Unfall‹ – also ich würde das ersetzen. Durch irgendein Bild …«

»Die Schwarze Wand!«, platzt es aus mir heraus.

»Die Schwarze Wand, okay. Das ist ein starkes Bild.«

»Warum soll ich das Wort ›Unfall‹ durch ein Bild ersetzen, Sonja?«

»Weil du mit so einem Bild den Unfall besser abarbeiten kannst.«

»Wie meinst du das?«

»Die Schwarze Wand ist bedrohlich, richtig?«

Ich nicke stumm.

»Dann musst du entweder durch die Wand hindurchgehen. Oder du musst sie einreißen. Damit du dahinter wieder das Licht siehst.«

Durch die Wand hindurchgehen. Sie einreißen. Irgendwie klingt das stark. Mir dämmert, dass ich die Wahl habe: Entweder ich lasse zu, dass die Krise mein Leben bestimmt. Oder ich versuche, die Krise zu überwinden. Ich bin hin- und hergeworfen zwischen Resignation und Optimismus. Vor Sonjas Besuch war nur Resignation.

Jetzt fühle ich Optimismus. Nur ein bisschen, aber immerhin. Es war jedenfalls kein Fehler, Sonja kennenzulernen, stelle ich fest und bin überrascht darüber. Wie hatte ich noch bis vor Kurzem einen solchen Besuch abgelehnt!

Ein Bild für den Unfall finden. Die Schwarze Wand. Das hilft mir. Jetzt habe ich einen Feind, dem ich mich stellen kann. Der Feind ist mächtig. Wie viel Kraft habe ich?

Manchmal lassen wir uns auf Begegnungen und Dinge nur ein, um Gründe in der Hand zu haben, sie für immer abzulehnen. Na siehste, ich hab's doch gleich gewusst. Aber wir sind nicht davor gefeit, dass es ganz anders kommt.

KAPITEL 7

Bei Sonjas Besuch habe ich zum ersten Mal seit der Schwarzen Wand für kurze Zeit vergessen, dass ich blind bin. Ich habe überhaupt die Zeit vergessen, war in einer Art Gesprächsflow und habe, als ich mit Sonja bis zum Gartentor gegangen bin, tief und irgendwie erleichtert durchgeatmet.

Aber schon wenige Stunden später stürze ich wieder psychisch ab, dieses Mal noch tiefer als zuvor in meinem Zimmer, als Sonja noch da war. Wie in der Strömung eines Flusses zieht es mich in einem Strudel hinab auf einen dunklen und unheimlichen Grund. Das wird also mein Alltag sein, sage ich mir: Zwei-, dreimal die Woche kommt Sonja für eine Stunde und weist mich in praktische Hilfen im Haushalt, die Brailleschrift und den Umgang mit dem Computer ein. Mit einer speziellen Software kann ich schon bald meine am Computer geschriebenen Sätze abhören und korrigieren. Die meiste Zeit bin ich zu Hause und allein und soll das üben, was ich mit Sonja geprobt habe. Auch ein Spaziergang mit dem Langstock von unserem Haus im Münchner Stadtteil Gern durch ein Wohngebiet vorbei am Taxisgarten bis zum kleinen Park am Dom-Pedro-Platz in Neuhausen gehört dazu. Auf dem Weg muss ich nur kleine, kaum befahrene Seitenstraßen überqueren.

Außerdem trage ich jetzt immer, wenn ich das Haus verlasse, meine Ray-Ban-Sonnenbrille, die ich mir in New York im Central Park bei einem Straßenhändler gekauft habe. Chic ist sie auf jeden Fall, auch wenn sie höchstwahrscheinlich ein Fake ist. Wie es sich meine Mutter wünscht, verlasse ich also ab und zu das Haus – die Höhle, auch in diesem konkreten Sinn (mit der Höhle meint meine Mutter ja eigentlich, dass ich mein inneres Exil verlassen soll, in das ich mich seit der Schwarzen Wand begeben habe, das Ablehnen von Hilfe durch eine Trainerin, Kontakten und so weiter).

Eigentlich hat sich mit all diesen Veränderungen meine Lebenssituation deutlich verbessert.

Eigentlich. Aber bei jeder Übung am Computer, bei jedem Schritt auf dem Spaziergang merke ich, wie reduziert ich jetzt lebe. Nicht einmal einkaufen gehen kann ich alleine. Alles dauert, wenn es überhaupt gelingt, so unendlich viel länger als bei einem sehenden Menschen. Keine Aktivität, die nicht mit dem Nachdenken über das Blindsein einhergeht, mit Fragen nach dem ob, wie und mit welchen Gefahren. Wenn ich das Haus verlasse, weiß ich nicht, ob mich jemand beobachtet. Ich vermisse den Blickkontakt mit anderen Menschen und fürchte mich vor Unbekannten, die mir auflauern und mich vor ein Auto schubsen.

Für einen Sehenden mag das irrational klingen, für mich als Blinde ist das eine reale Angst. Es gibt überall Verrückte, Besoffene, Raser. Wer sieht, kann ihnen ausweichen, aber eine junge blinde Frau im öffentlichen Raum ist ihnen weitgehend hilflos ausgeliefert und gefährdet.

Wenn ich draußen unterwegs bin, auf dieser Runde um die Häuser, stoße ich mich manchmal an Schultern oder Armen oder rempele ungewollt eine alte Frau an, die langsam, für mein Tempo zu langsam, einen Rollator vor sich herschiebt. Einmal knalle ich mit dem Kopf gegen ein überstehendes Baugerüst, das mit dem Blindenstock am Boden nicht zu ertasten war. Ein irrer Schmerz, ein gewaltiger Schrecken, eine klaffende Wunde. Als ich verletzt so dastehe und mir jemand zu Hilfe eilt und den Notarzt herbeiruft, höre ich eine andere Stimme, die etwas von »unverantwortlich« und »wie kann man sich mit so einer Behinderung nur alleine unter die Leute wagen« tuschelt. Diese kalten Worte schmerzen mich mehr als die Wunde an der Stirn. Du gehörst nicht in die Gesellschaft der Normalen, höre ich als Botschaft.

Meine Zeit mit Sonja ist abwechslungsreich, ich lerne mit ihr jetzt intensiv die Brailleschrift, und, ja, die Stunden mit ihr sind wirklich schön, vor allem weil sie mit mir über meine inneren Nöte spricht. Dann bin ich manchmal sogar fröhlich, fast ein bisschen ausgelassen. Aber die Zeit zwischen ihren Besuchen ist oft deprimierend.

Das ist doch keine Perspektive für mein Leben: Auf die Stunden mit Sonja warten und ansonsten miesepetrig zu Hause rumsitzen und alles und jeden verfluchen! Bin ich launisch? Oder vielleicht sogar manisch-depressiv? Dafür sind die guten Phasen viel zu kurz und zu wenig euphorisch. Ich kenne mich mit psychischen Erkrankungen nicht wirklich aus. Fakt ist jedenfalls, dass ich häufig stimmungsmäßig abstürze. Auch bin ich oft aggressiv. Ich wundere mich, wie sich mein Wesen seit der Schwarzen Wand verändert hat. Früher gehörte viel dazu, mich auf die Palme zu bringen. Heute habe ich auf der Palme meinen Hauptwohnsitz angemeldet. Meinen Eltern gegenüber reagiere ich gereizt, von Lennart ganz zu schweigen. Der ist allerdings auch wirklich zurzeit eine Plage. Um das festzustellen, reicht es schon, ihn nur reden und lärmen zu hören.

Seit bald drei Monaten bin ich jetzt blind. Nach wie vor will ich mein altes Leben zurückhaben. Ein neues Leben sehe, pardon, erkenne ich nicht wirklich. Mir fehlt sehr oft die Kraft, mich für ein Leben in Blindheit zu motivieren, sosehr mich auch Sonja unterstützt. Ich bin in ein stockfinsteres mittelalterliches Verlies eingesperrt, und es gibt keine Ausgangstür. Lebenslänglich.

Ein wenig Trost ziehe ich aus den Downloads, die mir die Bayerische Hörbücherei ermöglicht. Ich lerne auch, wie man Radiosendungen und Podcasts zu bestimmten Themen abruft. Kopfkino und das Interesse an mir bisher unbekannten Themen sind für mich ein Weg, der Sorgenwelt, der Grübelfalle für einige Stunden zu entfliehen.

Ich höre mir Traktate über die alten griechischen Philosophen oder über den mythenhaften blinden Propheten Teiresias an, lausche den Dramen von Shakespeare, Romanen von Balzac, Stendhal, Fontane, Dostojewski, Gogol, Melville, Thomas Mann, Hermann Hesse, Paul Auster, Zeruya Shalev, Peter Stamm, Francesca Melandri, Gedichten von Baudelaire. Das Hören von José Saramagos *Stadt der Blinden* nimmt mich völlig in Beschlag, nur um mich am Schluss des Buches noch verzweifelter als zuvor zurückzulassen. Denn bei Saramago können alle Erblindeten am Schluss wieder sehen. Auch so ein Märchen. Mit religiösen Texten beschäftige ich mich ebenso. Ich frage mich, ob an einem Leben nach dem Tod, an einer Existenz von unsichtbaren Wesen, von Geistern, Engeln (aber Schutzengel gibt es nicht!) und Dämonen und dem Daoismus mit seiner Idee von Yin und Yang etwas dran ist. In einschlägigen Ratgebern suche ich nach dem Sinn des Lebens.

Doch gibt es einen Sinn des Lebens für mich überhaupt noch? Wie komme ich zu einem neuen und positiv besetzten Leben?

Du musst durch die Schwarze Wand hindurchgehen, hat Sonja gesagt. Oder sie einreißen. Damit du dahinter wieder das Licht siehst.

Aber wie? Wie? Wie?

Der Sommer neigt sich dem Ende zu. Ein Sturm peitscht Regenböen gegen das Fenster meines Zimmers. Ich liege auf meinem Bett, spiele mit den Fransen der Überdecke und grüble wie so oft. Wie der Wind draußen am Fenster rüttelt, stürmen die ganzen üblichen Themen auf mich ein und schütteln mich im Innersten durch. Was, wenn ich mir bei einem meiner Spaziergänge wieder den Kopf so schlimm anschlage? Robert und Julia, die beiden haben den Unfall jetzt komplett überstanden, die Brüche sind verheilt, sie studieren, gehen ins Kino, planen die Zukunft, ich dagegen habe mit meinem Blindsein eine lebenslängliche Strafe erhalten.

Mehrere Themen schnüren mir immer mehr die Kehle zu: Werde ich jemals einen Freund finden? Wer findet denn ein Mädchen mit Blindenstock attraktiv? Wer erzählt unter Kumpels, seine Freundin sei blind? Und Studium, wie soll das gehen? Und meine Eltern, was, wenn sie sich trennen? Und Lennart, hat der immer noch so viele Pickel im Gesicht? Und diese scheißlaute Musik aus seinem Zimmer! Er ist so fröhlich, hat keine anderen Sorgen, als dass er mal Stress wegen Schulschwänzen bekommt oder weil ihn die Polizei in einem abbruchreifen Haus mit Kumpels erwischt hat. Aber darf ich denn verlangen, dass er kein normales Leben führt, nur weil meines abgestürzt ist? Ach, ich weiß doch auch nicht …

Das wird wieder so ein Sorgennachmittag ohne Ergebnis, denke ich mir jetzt. Im Kopf ein einziger Gedankenbrei. Draußen grummeln gewaltige Donnerschläge. Ich vermute, man kann Blitze gar nicht fern einschlagen sehen.

Dann ist er plötzlich da, ein schlichter Gedanke. Ich suche seit einem Vierteljahr nach Lösungen, nach Antworten auf die Tausenden von Fragen, die sich mir seit der Schwarzen Wand täglich stellen. Ich will immer alle Probleme in meiner neuen verkehrten Welt sofort gelöst, alle Fragen sogleich beantwortet haben. Genau hierin liegt mein Fehler. Wenn unser Leben in eine Schieflage gerät und wir sofort Lösungen und Antworten haben wollen, übergehen wir einen wichtigen, ja den allerwichtigsten Schritt: Bevor wir entscheidende Antworten finden, müssen wir die entscheidenden Fragen stellen.

Ich setze mich an meinen Computer und formuliere all die Fragen, die mich in der Zeit seit der Schwarzen Wand am meisten beschäftigen. Ich komme in einen Schreibrausch. Fragen. Fragen. Fragen. Es sind viel zu viele. Das Leben ist für mich, so habe ich das Gefühl, ein Meer aus Fragen geworden. Da ich aber in diesem Meer zu ertrinken drohe, setze ich mir eine strenge Regel. So wie man auf eine einsame Insel in Gedankenspielen nur drei Dinge mitnehmen darf, will ich jetzt meine Lebensprobleme auf drei Fragen reduzieren, die drei wichtigsten, die drei entscheidenden.

Stunden grüble und brüte ich. Drei große Segelboote, mit denen ich vielleicht, so wie einst Christopher Kolumbus mit seiner Santa Maria, seiner Niña und seiner Pinta Amerika entdeckt hat, zu einem neuen Leben vordringe und von vorne anfange, genau das suche ich. So wie früher meine Pro- und Contra-Listen meinen Kopf aufgeräumt haben, tut das jetzt die Aufgabe, alle Fragen zu drei entscheidenden zusammenzufassen.

Es ist schon nach Mitternacht, wie mir mein Smartphone sagt, als ich die drei Fragen geschrieben habe. Die Fragen lauten:

Warum ist die Welt so ungerecht?
Woher bekomme ich nach einem sehr schweren Schlag wieder Mut zum Leben?
Gibt es das Unsichtbare hinter den sichtbaren Dingen?

Ich setze mir eine Frist. Wenn ich bis dahin keine Antworten gefunden habe, werde ich resignieren. Das spüre ich. Ich will mich mit einer Frist auch motivieren, selbst aktiv zu sein und etwas für die Beantwortung der Fragen zu tun. Auf welches Datum soll ich die Frist setzen? Die Schwarze Wand war am einundzwanzigsten Juni. Sommeranfang. Jetzt haben wir den einundzwanzigsten September. Der Herbst steht vor der Tür. Am einundzwanzigsten Dezember ist Stichtag. Ein Vierteljahr muss reichen. Sonst kommt der Winter über mein Leben, und ich werde wie der Fels unter dem ewigen Eis des Großvenedigers sein, unsichtbar für Biologiestudierende, die in Seilschaften über mich hinwegziehen, um in der Kürsingerhütte zu nächtigen.

Wie komme ich zu Antworten auf die drei Fragen? Ich werde mich in Philosophievorlesungen setzen. Und in die der Literaturwissenschaften. Sonja wird mich hoffentlich begleiten. Denn die U-Bahn benutzen, das ist alles sehr schwer, wenn man blind und alleine ist.

Ein letztes Mal, bevor ich schlafen gehe, sage ich mir die Fragen vor. Dann weiß ich, ja, sie sind die richtigen.

KAPITEL 8

Manchmal verstärkt ein gemeinsamer Schicksalsschlag eine Beziehung, manchmal reißt er sie auseinander. Bei meinen Eltern läuft es auf das zweite Szenario hinaus. Immerhin streiten sie fast nicht mehr, weil die belastenden Themen seit dem Oktoberfestbesuch keine Rolle mehr spielen. Seit jenem Tag auf der Wiesn wissen sie, dass es keinen gemeinsamen Nenner mehr gibt, sie haben sich auseinandergelebt. Die Trennung ist unausweichlich. Begonnen hat das schon vor der Schwarzen Wand. Die neue Situation nach dem Unfall bringt es nur stärker zum Vorschein, steigert das Trennende, führt zum Verlust von Rücksichten.

»Willst du nicht mit zum Oktoberfest?«, fragt mich meine Mutter. »Wir nehmen noch den Lennart mit. Und …«

»Was?«, frage ich leicht gereizt. Ich höre der Stimme meiner Mutter an, dass da noch was anderes dahintersteckt.

»Weil, na ja, also Julia hat vorhin angerufen, als du auf deinem Spaziergang warst. Du hast dein Handy vergessen. Sie hat uns einen Treffpunkt genannt. Sophie und einige andere deiner Freundinnen sind auch dort. Sie wollen dich treffen.«

Meine Mutter erzählt mir noch einiges aus dem Telefonat mit Julia. Ich taste unwillkürlich nach meinem Handy in der Jacke, die neben mir auf meinem Bett liegt. Stimmt, das Handy ist nicht drin und muss auf dem Schreibtisch liegen. Habe ich gar nicht bemerkt.

»Gib mir eine Viertelstunde, Mama, ich muss nachdenken.«

Ich wäge die Pros und Contras eines Wiesnbesuchs ab. Ausgemacht ist, dass ich mit meiner Mutter und Lennart auf die Festwiese gehe und dass wir dort auf der weniger hektischen Oiden Wiesn Julia, Sophie und einige andere meiner Freundinnen im Herzkasperlzelt treffen.

Wobei ich mich frage, ob sie wirklich noch Freundinnen sind. Sie melden sich kaum noch; ab und zu ein Anruf, der aber mit Worten endet wie »Ich habe morgen ein Treffen mit meiner Tutorin an der Uni, Selmilein, da muss ich noch was vorbereiten, du verstehst sicher, wenn ich jetzt Schluss machen muss …«.

Selmilein, was für ein bescheuerter Name, den sich manche jetzt für mich ausgedacht haben! Selmilein, klar, sie versteht euch alle mit eurem ach so wichtigen und geschäftigen Leben! Menno!

Doch stopp, sage ich mir nach einigen Wutsekunden,

sie wollen sich mit mir treffen, also nicht gleich wieder schlechtreden.

»Okay, Mama, wir versuchen es«, rufe ich die Treppe runter. Meine Mutter freut sich wie eine Schneekönigin, hilft mir beim Zusammenstellen der Kleidung.

»Schade, dass Papa nicht mitkann. Das würde ihn freuen. Mit so einer hübschen Tochter auf die Wiesn!«, meint sie.

»Warum kann er denn nicht mit?«

»Er hat eine wichtige Sitzung mit der Landeszahnärztekammer.«

»Okay. Aber ich gehe nur unter einer Bedingung mit, Mama«, sage ich.

»Was denn?«

»Ich gehe nicht mit Blindenstock. Den können wir zusammengeklappt in der Tasche mitnehmen. Du musst mich führen.«

»Okay, machen wir. Lennart hilft sicher auch.«

»Mach ich«, höre ich meinen Bruder sagen, und er klingt gar nicht so kindisch wie sonst.

U-Bahnhof Goetheplatz. Meine Mutter hakt mich unter. Ich habe das himmelblaue Dirndl an, das ich mir letztes Jahr zur Wiesn gekauft habe. Mit meinen blonden Locken und dem frechen Dekolleté fand ich mich damals richtig attraktiv, die Blicke der Männer haben mir das bestätigt. Dieses Mal ist alles anders. Ein Kreischen vom *Sky Fall*, ein Schreien aus den Bierzelten, ein Dröhnen der Lautsprecher an den Geisterbahnen und Schießbuden. Pferdegetrappel. Der Duft von Gebratenem, Heringen,

Zwiebeln, gerösteten Mandeln, Urinalen, Erbrochenem. Geschubse, Gedrängel, Gezerre.

Wir arbeiten uns durch die Menschenmassen, und ich hänge mich eng an meine Mutter. Ich spüre die wärmenden Strahlen der Herbstsonne auf meinem Gesicht und bin erleichtert, dass meine Ray-Ban deswegen nicht weiter auffällt. Theoretisch könnte man mich für eine Sehende halten, die ein, zwei Mass Bier getrunken und sich zur Sicherheit bei der älteren Freundin untergehakt hat. Dann höre ich ihn, den leisen Aufschrei meiner Mutter.

»Papa?«, ruft Lennart, und seine Stimme hat etwas Ungläubiges, Geschocktes.

Dann fängt meine Mutter an, schwer zu atmen. Sie zerrt an mir, zieht mich fort.

»Wartet doch, hallo, das ist alles ein Missverstä…«

Die Stimme meines Vaters erstirbt.

»Mama, wer ist diese Frau, die der Papa da geküsst hat?« Lennart klingt jetzt richtig verängstigt.

»Komm, Lennart, wir – gehen – jetzt – zur Oidn Wiesn – wie – wir – uns – das – vorgenommen – haben.« Meine Mutter ringt um jedes Wort.

Lennart entdeckt Julia und die anderen als Erster.

»Ey, hast du jetzt eine Brille?«, frage ich Julia, als ich sie umarme und das Gestell spüre.

»Nein, hab meine Ray-Ban auf, wie du. Auch die anderen Mädels hier haben alle eine Sonnenbrille auf.«

»Äh, wieso denn? Weil ich auch eine aufhabe?« Ich habe meine Mutter im Verdacht. Sie hat mit Julia telefoniert. Könnte eine Aktion von den beiden sein. Vielleicht wollten sie mir damit eine Freude machen. Das wäre ihnen gelungen. Denn wenn alle mit Sonnenbrillen hier sitzen, falle ich nicht so auf. Hier so auf der Bierzeltbank könnte man mich für eine Sehende unter Sehenden mit coolen Sonnenbrillen halten. Eine Mädchengang halt, die ein bisschen auf Einheitslook macht.

»Nuuuuun, sagen wir mal, wir haben die Sonnenbrillen an, weil die Sonne scheint?« Ich höre Sophie und die anderen lachen. Julia hat ihren Arm um meine Schultern gelegt. Ich weiß, dass sie mich anschwindelt. Sie tragen die Sonnenbrillen aus Solidarität mit mir. Das ist nicht nur okay, das ist sehr nett.

Später sagt Julia mir sogar, wegen der lauten Musik direkt ins Ohr, sie wolle mit mir mal in Urlaub fahren, Malle oder Lloret de Mar oder so. Ein warmer Schauer läuft mir bei dieser Vorstellung den Rücken hinunter, und ich greife nach Julia, um sie zu umarmen. Nach zwei Stunden will meine Mutter gehen. Heimlich hoffe ich, Julia und die anderen würden anbieten, auf mich aufzupassen, und ich könnte bleiben. Aber mit einer Blinden auf der Wiesn, das ist sicher nicht so einfach, zumal die Mädels auch schon jede eine Mass getrunken haben und, wie ich höre, mit Robert und anderen Jungs verabredet sind. Jungs brauchen die volle Konzentration. Dann werden sie auch die Sonnenbrillen absetzen und ihnen tief in die Augen schauen …

Nein, ich will jetzt nicht bitter werden. Ich hatte zwei schöne Stunden, mit Lachen und Witzen, mit Zuckerwatte und Bier. Und die Urlaubsoption macht mich auch froh.

Ich muss lernen, dankbar zu sein für das, was ich bekomme, und nicht undankbar für das, was mir vorenthalten wird. Ein furchtbar altkluger Satz. Aber trotzdem wahr.

»Selmilein, gehen wir mal zusammen in die Sauna?«, fragt Sophie zum Schluss.

»Vielleicht. Wenn du mich dann nicht Selmilein nennst. Den Namen mag ich nicht«, erwidere ich.

»Ist nicht einfach für dich«, sagt Sophie. »Aber alles wird gut bei dir. Du musst Geduld haben. Und viel mit dem Stock üben. Kommt Zeit, kommt Rat.«

Autsch!, denke ich und verziehe wohl das Gesicht. Das war jetzt gerade nicht altklug. Viel schlimmer. Das war altblöd. Diese Sprüche aus Uromas Abreißkalender. Achtzehnjährige, die wie Achtzigjährige daherreden. Vielleicht tue ich damit jemandem unrecht. Aber wenn, dann wohl eher den Achtzigjährigen.

Die nächsten Tage taucht mein Vater nicht bei uns zu Hause auf. Sowenig ich mich mit ihm die letzte Zeit verstanden habe, so sehr fehlt er mir jetzt, auch weil es ganz praktische Dinge gibt, die ohne ihn schwerer zu bewältigen sind. Zum Beispiel die Fahrten zur Uni. Zu meinem Erkenntnistrip in den Philosophievorlesungen. Dort hat er mich schon vor Semesterbeginn ein Mal mit dem Auto hingebracht, bis zum Hörsaal begleitet und danach wieder abgeholt. Zu Übungszwecken. Damit ich es irgendwann mal alleine hinbekomme, zumindest was die Wege in der Uni selbst betrifft. Das wollte er auch bei den ersten Vorlesungen so beibehalten.

Als ich mit ihm telefoniere, erzähle ich ihm von meinen Sorgen. Kein Problem, sagt er, ich kümmere mich. Zwei Stunden später ruft er zurück.

»Sonja kann ihr Stundenkontingent für dich nicht aufstocken. Aber sie hat eine Praktikantin beschäftigt. Die wird sie uns, also dir, zur Verfügung stellen.«

»Aber kostet das nicht viel Geld, Papa?«

»Mach dir darum keinen Kopf, Selma. Einen Teil zahlt die Krankenversicherung. Und außerdem …«

»Was außerdem?«

»Ich weiß nicht, ob ich dir das sagen soll. Aber gut, jetzt habe ich es angerissen, dann will ich kein Geheimnis draus machen. Roberts Vater …«

»Nein, das will ich nicht!« Ich spüre, wie der Old Faithful in mir hochkocht. »Schuld ist nicht mit Geld zu bezahlen. Versprich mir, dass du von Roberts Vater kein Geld annimmst!« Ich schreie die letzten Worte.

»Okay. Ist ja gut, Selma, das mache ich dann nicht. Ich bin ja auch kein Kleinverdiener. Ich kann das selbst zahlen.«

Nur langsam beruhige ich mich.

Es ist eine Zeit lang still am Telefon, wir hören nur unseren Atem. Dann nehme ich meinen Mut zusammen und stelle die Frage, die mich seit dem Wiesnbesuch beschäftigt.

»Papa, liebst du eine andere Frau?«

Es dauert eine Weile, bis mein Vater antwortet.

»Weißt du, Mama und ich, wir verstehen uns schon lange nicht mehr so gut. Ich halte es für besser, eine schlechte Beziehung zu beenden, als sich gegenseitig aneinander abzuquälen.«

»Aber …«

»Selma, was sich nicht ändern wird, ist, dass Mama und ich für dich und Lennart immer da sein werden. Das ist für uns beide ganz klar.«

»Heißt das, du ziehst bei uns aus?«

»Lass uns darüber mal in Ruhe reden«, sagt mein Vater, und ich weiß, es ist ein Ja. Die ohnehin geringe emotionale Beziehung zwischen uns wird sich jetzt in eine rein pragmatische verwandeln, fürchte ich. Er zahlt, ich liefere Fortschritte, lerne mich mit dem Blindenstock fortzubewegen und studiere ein bisschen. Irgendwann kann er dann die Tochter in die Selbstständigkeit entlassen. Sogar bei einer blinden Tochter muss das aus seiner Sicht gehen, wie er in gereizten Gesprächen schon mal angedeutet hat. Vater und Tochter als Geschäftspartner.

Schon am nächsten Tag stellt sich Sonjas Praktikantin vor. Laura heißt sie, sie wirkt auf mich mit ihrer natürlichen Art wie Sonjas Schwester. Sie bringt mich in die Vorlesungen und hilft mir auch, den Weg so zu finden, dass ich ihn schon bald alleine bewältige. Vor allem die Fahrt mit der U-Bahn studiert sie täglich mit mir ein.

Ich bin als Gaststudierende an der Ludwig-Maximilians-Universität eingetragen und nehme mir die Freiheit, mich in Vorlesungen verschiedener Fächer zu setzen, die mich interessieren. Die Vorlesungen in Philosophie enttäuschen mich. Nie werde ich hier die Antworten auf meine drei Lebensfragen bekommen. Hegels Phänomenologie des Geistes ist schon als solche kompliziert und schwer verständlich genug. Durch die Lehrveranstaltungen mit ihrer abstrakten und lebensfernen Sprache werden die philosophischen Texte zu einem kompletten Mysterium, bei dem ich gedanklich nach einer halben Stunde aussteige.

Besser ergeht es mir in den Literaturwissenschaften. In der Germanistik gibt es einen Professor, der Literatur so anschaulich beschreibt, dass man spürt: Er liebt das, was er unterrichtet. Kleists *Michael Kohlhaas* fasziniert mich mit seinem sturen Streben nach Recht, ist mir aber mit seinem Wahn auch unheimlich. Auch in Amerikanistik bekomme ich einige Anregungen, die mich vorübergehend aus meiner Grübelfalle holen. Holden Caulfield in *Der Fänger im Roggen* fühle ich mich mit seiner Suche nach Lebenssinn seelenverwandt. Aber bestenfalls finde ich ähnliche Fragen wie bei mir vor, Antworten gibt es nicht.

Wo nur soll ich sie finden, die Antworten auf meine Lebensfragen?

Mittlerweile ist es Mitte November. Von Tag zu Tag werde ich unruhiger. In rund fünf Wochen läuft meine selbst gesetzte Frist ab. Und dann? Werde ich Fels unter dem Gletscher des Großvenedigers? Steige ich aus der Gesellschaft komplett aus? Abkapselung, Isolation, inneres Exil?

Es sieht nicht gut aus. Doch dann begegne ich ihm. Dem Menschen, der meinem Leben auf völlig unerwartete Weise eine neue Richtung gibt. Obwohl er sich das gar nicht vorgenommen hat, als er mich anspricht, da bin ich mir sicher. Und obwohl ich im Gegenzug bei der ersten Begegnung nicht im Geringsten absehe, was daraus entsteht. Gero tritt in mein Leben.

Um einen Menschen zu retten, genügt
manchmal ein einziger anderer Mensch,
der uns zum rechten Zeitpunkt begegnet.

KAPITEL 9

Lennart hat mit seinem Handy die Strecke meines fast täglichen Spaziergangs abgemessen. Es sind knapp zweitausend Meter, die ich auf diese Weise selbstständig gehe. Als Blinde, wohlgemerkt! Indem ich meist alleine gehe, habe ich das Gefühl, mir ein Stück Welt erobert zu haben.

Ich erinnere mich an einen Schweden-Urlaub mit meinen Eltern. Ich war da so sechs oder sieben Jahre alt. Mein Vater, der schon immer sportlich war, hat mir damals das Schwimmen in einem See beigebracht. Mit seinen kräftigen Händen hielt er mich am Bauch unter Wasser fest, während ich mit meinen Schwimmflügeln die Bewegungen mit Armen und Beinen übte und nach Luft japste. Dann kam an einem frühen Morgen der Augenblick, als er mich losließ. Ich schwamm der aufsteigenden Sonne entgegen, maßlos aufgeregt, ein wenig ängstlich, aber auch unendlich glücklich über die Freiheit des selbstständigen Schwimmens. Wenige Tage später übten wir das Ganze noch mal, dieses Mal ohne Schwimmflügel – und das Gefühl der Freiheit war noch größer.

Solche Augenblicke gibt es einige Male im Leben: Die ersten selbstständigen Schritte als kleines Kind, das erste Fahrradfahren ohne Stützräder, sicher ist auch das erste Fahren mit einem Auto in der Fahrschule ein solches Erlebnis. Mir wird jetzt noch eine weitere Erfahrung geschenkt, auf die ich gerne verzichtet hätte: das selbstständige Gehen als Blinde. Dennoch spüre ich eine warme Bewegung ums Herz, wenn ich das Haus alleine verlasse, einen Hauch von Glück, weil ich mich mit meinem Lauftraining ein Stück unabhängig gemacht habe. Was hätte ich darum gegeben, wenn auch mein Opa nach seinem Schlaganfall den Rollstuhl noch einmal hätte verlassen können! Auch für Menschen in solchen Situationen muss es doch ein großes Glück sein, sich die alte Freiheit wieder ein Stück zurückzuholen.

Ich jedenfalls habe das Gefühl, etwas Großes, Befreiendes geschafft zu haben. Etwas, das mich auch stärkt, wenn ich wieder meine melancholischen Anfälle und Trauerstunden habe. *Du kannst dem Schicksal, so schlimm es ist, trotzdem ein bisschen Glück abtrotzen.* Diesen Satz sage ich mir jetzt immer, wenn ich wieder mal resignieren will.

Die zweite Strecke, die ich jetzt selbstständig bewältige, ist die zur U-Bahn und zur Uni. Hier finde ich auch so einigermaßen gut die Hörsäle. Schlimm ist nur, wenn die Vorlesung oder das Seminar einfach mal verlegt werden. Dann bitte ich vor dem eigentlich vorgesehenen Saal jemanden um Hilfe, was ich als peinlich empfinde.

Montagmorgen. Ich laufe meine Runde und komme zum Park am Dom-Pedro-Platz, wo ich mich manchmal für ein paar Minuten auf eine Bank setze. Es ist der Wendepunkt meiner Tour, die auf dem Rückweg eine leicht abweichende Route hat. Mit meinem Stock erkunde ich jetzt den Weg und höre am knirschenden Geräusch, dass ich mich auf dem Kiesweg befinde. Ich laufe noch ein paar Schritte, bleibe dann stehen, um etwas durchzuschnaufen. Es ist nicht sonderlich kalt; auf den Bänken, die sich hier befinden, höre ich Stimmen mehrerer Personen. Mein Gehör hat gelernt, Gespräche aus einem Stimmengewirr herauszufiltern. So wie wir es als Kinder getan haben, wenn wir bei den Partys der Eltern oben an unseren Zimmern in den Geräuschteppich gelauscht und herausgepickt haben, was unten im Wohnzimmer die Erwachsenen so Interessantes zu bereden hatten. Jetzt als Blinde bin ich noch viel stärker für das Mithören von Gesprächen sensibilisiert.

»Das war für Sie sicherlich nicht einfach, überhaupt wieder Mut zum Leben zu bekommen«, höre ich eine raue, tiefe und dennoch junge Stimme.

»Wissen Sie was, Gero? Ich habe damals sogar gedacht, es wäre besser gewesen, eine Bombe hätte unser Haus getroffen und ich wäre dabei gestorben.«

Jetzt ist es still. Sind die beiden gegangen? Schritte waren nicht zu hören.

»Hm, verstehe«, setzt jetzt die Stimme wieder ein, die ich allem Anschein nach einem Gero zuzuordnen habe. »Das können wir uns heute gar nicht mehr vorstellen. Krieg, Hunger, unendliches Leid, Frau Aumüller, kommen Sie …«

Während der letzten Worte merke ich, wie sich offenbar Gero und Frau Aumüller erheben und langsam vorwärtsbewegen. Das Ruckeln eines Rollators. Ich stehe immer noch und atme die frische Winterluft ein. Diese Frau Aumüller muss ein schlimmes Schicksal erlebt haben. Aber Bomben, das ist ein Dreivierteljahrhundert her. Eine alte Frau, ein jüngerer Mann. Der Enkel kann es nicht sein. Er hat Frau Aumüller gesiezt.

Nach einer Woche habe ich die Begegnung (wenn man sie überhaupt so nennen kann) mit Gero und Frau Aumüller schon wieder vergessen.

Dann höre ich die raue Stimme wieder. Ich drehe meine Runde. Wieder ist es ein Montag, dieses Mal allerdings um die Mittagszeit.

»Na, das nenne ich mal eine coole Sonnenbrille«, sagt mir der, der nur Gero sein kann.

»Wer spricht da?«, frage ich trotzdem. Muss ihm ja nicht gleich auf die Nase binden, dass ich letzte Woche sein Gespräch mitgehört habe.

»Ich heiße Gero. Ich sitze hier auf einer Bank im Park. Willst du dich kurz zu mir setzen?«

»Warum sollte ich?«

»Äh, vielleicht weil, hm, vielleicht einfach nur so. Grundlos. Mal sehen, was sich dann entwickelt.«

Ich stochere den Kiesweg ab, spüre eine Rasenkante und dann leicht erhöht etwas, das hölzern klingt. Vermutlich die Sitzbank. Warum hilft mir dieser Gero nicht? Aber eigentlich finde ich das gut. Ich komme mir sonst schnell wie eine Idiotin vor, wenn man mir sogar erklärt, wie ich mich hinsetzen soll. Zwar brauche ich länger für manche banalen Dinge, aber ich bekomme sie schon irgendwie hin. Oft meinen es die Menschen gut mit einem und wollen ganz schnell helfen, machen es aber falsch, wenn sie einem selbst die kleinsten Dinge noch abnehmen wollen. Das hat so etwas Entwürdigendes wie bei Bettlern, denen man Geld hinwirft, anstatt es ihnen freundlich in die Hand zu drücken. Menschen, die mit mir geduldig sind und mich, eingeschränkt, wie ich bin, respektieren, punkten bei mir. Dieser Gero könnte einer von ihnen sein.

»Jawohl. Nimm Platz«, sagt er schließlich. »Du stehst genau vor der Bank. Und wenn du dich jetzt setzt, bist du direkt neben mir. Einen halben Meter weiter links, und du sitzt auf meinem Schoß. Einen halben Meter weiter rechts, und du setzt dich neben der Bank nieder. Aber das könnte schmerzhaft werden.«

Aha, jetzt gibt er mir also doch Kommandos und behandelt mich wie eine Idiotin. Aber irgendwas ist anders bei ihm, sein Tonfall wirkt ironisch. Das ist nicht dieses Betütteln, wie ich es sonst oft erlebe. Nimmt der mich auf den Arm? Ich überlege, ob ich wieder gehen soll. Doch dann redet er wieder.

»Damit du weißt, mit wem du es zu tun hast. Ich bin

eins fünfundachtzig groß, siebenundzwanzig Jahre alt, sehe umwerfend gut aus, bin leider schon vergeben, spiele Volleyball und gelte als Universalgenie. Und wer bist du?«

Autsch, Volleyball. Bilderchaos in meinem Kopf. Ich lasse mich auf der Bank nieder. Zögerlich nenne ich meinen Namen.

»Okay. Selma. Kenne ich bisher noch keine. Aber Moment, ich hak dich mal auf meiner Liste weiblicher Vornamen ab.«

Hä, was hat der gerade gesagt? Ich bin mit meinen Gedanken noch auf dem Volleyballfeld im Freibad am einundzwanzigsten Juni.

»Hey, das war ein kleiner Gag!«

»Ah so, verstehe.«

Stille tritt ein, aber ich spüre, dass er noch neben mir sitzt.

»Hier ist ein Altenheim. Es trägt den Namen Haus Heilig Geist. Rate mal, was ich da mache?«

»Wohnen!«, sage ich. Was der kann, kann ich auch. Verarschen.

»Der ist nicht schlecht!«, prustet er los. »Aber leider falsch. Du darfst dreimal raten. Das erste Mal hast du schon verschossen.«

»Okay. Dann hast du dort eine Oma wohnen. Und da wir am Monatsanfang sind, bist du zufällig vorbeigekommen, weil Oma ihre Rente bekommen hat.«

»Hey, du bist frech! Trotzdem falsch getippt.«

Ich überlege.

»Hm. Dann bist du der Pförtner, der Leute anspricht, ob sie nicht einen Heimplatz brauchen.«

»Nein, du hast verloren. Ich bin Altenpfleger. Mach gerade Pause.«

»Aha. Und wie bist du auf diesen Beruf gekommen?«

Er erklärt mir sein Scheitern am Gymnasium. Auch seine eigene Faulheit sei daran schuld gewesen. Aber jetzt sei er fleißig. Wir unterhalten uns lange. Der Typ ist irgendwie total unkompliziert. Er fragt mich, ob ich jemanden kenne, der im Altenheim lebt. Ob ich Sport mache. Aber das Thema Blindheit spricht er mit keiner Silbe an. Ich tue es selbst, erzähle von Volleyball, Erdbeerpflücken in Neuseeland und Sonja, die mir nicht sagen kann, wie ich Pilotin werde. Erst nach einer Weile merke ich, dass ich ihm ganz schön viel von mir erzähle.

»Ich muss jetzt wieder rein, was arbeiten«, beendet er das Gespräch. »Wollen wir uns morgen wieder hier treffen? Selbe Uhrzeit?«

Ich stimme leise zu und gehe nachdenklich davon. Er ist vergeben, sagt er. Aber hat er mich nicht eben auch ein bisschen angebaggert? Ach Quatsch! Der war einfach nur interessiert. Und am Ende fand ich ihn sogar sympathisch.

Zu Hause angekommen, fällt mir ein, dass ich am nächsten Tag um diese Zeit Uni habe. Mist, das hatte ich vergessen. Was mache ich jetzt? Dieser Gero war der erste Mensch, mit dem ich seit der Schwarzen Wand so ausführlich gesprochen habe, von Sonja und Laura abgesehen. Aber deswegen die Uni sausen lassen, das geht nicht.

Am Ende kommt er morgen gar nicht. Andererseits, wenn er wirklich mit mir reden will, kommt er auch mal an einem anderen Tag zu dieser Uhrzeit in den Park.

Dienstag. Es nieselt, ich glaube sogar leichte Schneeflocken zu schmecken, als ich das Haus verlasse. Ich fahre mit der U-Bahn in die Uni, fühle mich nicht gut. Während der Vorlesungen gleiten meine Gedanken ständig ab. Immer wieder muss ich an diesen Gero denken. Ich hätte ihn so gerne nach Frau Aumüller gefragt, nach ihrer Lebensgeschichte. »Ich habe damals sogar gedacht, es wäre besser gewesen, eine Bombe hätte unser Haus getroffen und ich wäre dabei gestorben«, hat sie zu Gero gesagt. Über diesen Satz habe ich in den letzten Tagen oft nachgedacht. Eine Frau, die vor einem Dreivierteljahrhundert offenbar lebensmüde war und jetzt immer noch lebt. Hat sie wieder Mut zum Leben gefunden? Trotz des Krieges, des Hungers, des Elends? Könnte ich von ihr vielleicht lernen, wie man sich nach einer schlimmen Zeit wieder zum Leben motiviert? Nur einen kleinen Teil des Gesprächs zwischen ihr und Gero habe ich mitgehört. Mir hat der Mut gefehlt, ihm gegenüber zuzugeben, dass ich sein Gespräch mit der alten Dame belauscht habe. Was, wenn er heute auf mich wartet und ich nicht komme? Vielleicht hast du einen großen Fehler gemacht, sagt mir eine innere Stimme, obwohl ich gar nicht weiß, was ich mir von Gero verspreche. Es ist nur so ein Bauchgefühl.

Mittwoch. Ich breche eine Viertelstunde früher als üblich zu meinem Spaziergang auf. Auf gar keinen Fall will ich zu spät zur Parkbank kommen. Ich schleiche über den Weg, binde mir die Schuhe, tue so, als ob ich telefoniere, indem ich »Ja« und »Nein« in das Mikrofon spreche – alles Versuche, die Zeit zu dehnen, damit es nicht so aussieht, als ob ich nur wegen der Verabredung mit ihm hier bin. Endlich lasse ich mich auf der Bank nieder und höre Capital Bra und Mero. Rap, der betäubt. Gero wird mich schon anstupsen, wenn er kommt.

Aber Gero kommt nicht. Nach einer halben Stunde bin ich an der Bank fast festgefroren. Ich ziehe mir den Schal noch enger zu und fluche in mich hinein. Hätte ich doch die Uni gestern gecancelt. Das war so ätzend, Theorie der Urteilsaggregation, ein geschwollenes Wissenschaftsdeutsch ohne erkennbaren Inhalt. Gero war so lebensnah, natürlich, unkompliziert. Und jetzt sitze ich hier wie bestellt und nicht abgeholt!

Donnerstag. Gero kommt nicht.

Freitag. Ich bin wieder an der Uni.

Samstag. Gero kommt nicht.

Sonntag. Gero kommt nicht. Ich gebe auf.

Montag. Ich gehe noch einmal zur Bank. Eine Woche ist es jetzt her. Es ist kalt, windig. Dann höre ich seine Stimme.

»Hey, wo warst du denn am Dienstag?«

Mir fehlen die Worte. Warum, verdammt noch mal, bin ich so aufgeregt?

»Äh, ich hatte Uni. Hab ich vergessen, dir zu sagen.«

Und wo warst *du* die anderen Tage?, würde ich jetzt am liebsten zurückfragen.

»Ich schick dir mal mit Bluetooth meine Kontaktdaten. Sag mir mal deine Nummer«, sagt Gero. »Damit du mich nicht wieder sitzen lässt.« Er lacht, während ich ihm meine Mobilnummer und auch die Festnetznummer gebe. Ich merke, wie mein Handy vibriert.

»Ich war übrigens auf einer Fortbildung die letzten Tage. Jetzt habe ich eine halbe Stunde Zeit, dann muss ich wieder ins Heim. Arbeiten.«

Wir treffen uns am Mittwoch wieder, am Donnerstag. Sogar am Samstag, er hat Wochenenddienst.

Er stellt mir weiter viele Fragen. Nicht aufdringlich, aber scheinbar wirklich interessiert. Nicht so voyeuristisch wie andere. Wie ist das mit deinen Augen passiert? Bekommst du eine Rente? Bist du noch sauer auf den Fahrer des Unfallautos? Das sind bei anderen die üblichen Fragen.

Gero aber fragt mich zur Zukunft. Was sind deine Träume? Deine Ziele? Deine Stärken?

Und ich erzähle. Vom Wiesnbesuch. Von meinem abtrünnigen Vater. Vom gar nicht mehr so nervigen Lennart. Von meiner manchmal gereizten, manchmal verzweifelten und manchmal gereizt-verzweifelten Mutter. Von der Schwarzen Wand. Gero öffnet bei mir ein Ventil. Weil er mich nicht neugierig aushorcht, sondern sich wirklich für mich interessiert. Er fragt nach, wo er etwas nicht versteht, und ich merke: Diese Art des Fragens hilft mir, die Dinge auch für mich selbst besser zu klären. Sich mit ihm zu unterhalten ist wie das Losschwimmen damals auf dem schwedischen See, der aufgehenden Sonne entgegen, und die Angst lasse ich mit jedem Zug weiter hinter mir.

Auch Gero erzählt. Von Bekki, wie er seine Freundin Rebekka nennt. Sie würde mich gerne kennenlernen, sagt er. Von seinem Team im Heim erfahre ich, von Edgar, dem Hausmeister, der in seiner Freizeit russische Säbel sammelt.

»Gero«, sage ich, »ich muss dir was beichten. Ich habe dich schon gekannt, bevor du mich angesprochen hast.«

»Was? Interessant.«

Ich erzähle von dem Gespräch, das er mit Frau Aumüller geführt hat und dessen zufällige Zeugin ich geworden bin. Ihm scheint es egal zu sein, dass ich ihn belauscht habe.

»Ja, ja, die Frau Aumüller …«

Gero klingt gedankenversunken, als ob er sich an das Gespräch mit der alten Dame zurückerinnert.

»Meine ganze Zukunft hängt von der Beantwortung dreier Fragen ab«, sage ich jetzt in die Stille hinein.

»Drei Fragen, schieß los.«

Endlich habe ich den Mut, mit jemand anderem über meine Lebensfragen zu sprechen. Von meiner selbst gesteckten Frist sage ich Gero nichts. Als ich ihm die Fragen genannt habe, schweigen wir wieder eine Weile.

»Hm. Nicht einfach, die Fragen zu beantworten«, sagt er schließlich.

»Ich hätte da eine Frage oder Idee, Gero. Aber vielleicht ist es ja nur ein blöder Gedanke.«

»Was denn?«

»Diese Frau Aumüller, die hat Schweres erlebt. Vielleicht kann ich mir mal erzählen lassen, wie sie … Meinst du, also nur wenn es wirklich keine Umstände macht, meinst du, ich kann die mal sprechen?«

»Oh«, stößt Gero etwas betreten aus, und ich habe das Gefühl, etwas Unverschämtes verlangt zu haben.

»Sorry«, beeile ich mich hinterherzuschieben.

»Nein, ist gut«, sagt Gero, »nur das mit der Frau Aumüller wird nichts mehr. Sie ist letzte Nacht gestorben.«

Ich fühle mich etwas unwohl und schiebe ein weiteres Sorry hinterher.

»Du konntest das ja nicht wissen«, sagt Gero. »Ich denke über deine Lebensfragen weiter nach. Aber jetzt muss ich wieder arbeiten.«

Gero kann dir auch nicht helfen, sagt mir eine innere Stimme, als ich später zu Haus in meinem Zimmer bin. Vielleicht hätte ich ihm die Lebensfragen gar nicht mitteilen sollen. Jetzt ist er der einzige Mensch, dem ich sie anvertraut habe.

Ich versuche, mir ein Hörbuch anzuhören, bin aber unkonzentriert und muss immer wieder von vorne anfangen.

Es ist schon zweiundzwanzig Uhr, als mein Handy klingelt.

»Hi, sorry für die späte Störung. Hier ist Gero.«

»Oh, hallo.«

»Ich mach's kurz. Wegen der Frau Aumüller, das wird ja nichts mehr. Aber ich hätte eine andere Lebensgeschichte, die für dich vielleicht interessant ist. Herr Stöger in unserem Heim.«

»Echt?«

»Ja. Der würde sich gerne mit dir unterhalten. Hab ihm vorhin von dir erzählt. Hast du am Montag um fünfzehn Uhr Zeit? Komm bitte zur Bank im Park. Dann gehen wir ins Heim.«

Am Montag bin ich überpünktlich und neugierig. Gero kommt. Ich hake mich bei ihm ein. Wir gehen die wenigen Meter zum Eingang des Hauses Heilig Geist, gehen eine Treppe hoch und bleiben schließlich stehen. Gero klopft an einer Tür. Ein deutliches »Herein« ist zu hören.

»So, Herr Stöger, das hier ist Selma. Wie heißt du eigentlich mit Nachnamen?«

»Thierer«, sage ich und räuspere mich.

»Herr Stöger ist siebenundneunzig Jahre alt. Und, damit du ihn dir vorstellen kannst: Er sieht nicht aus wie siebenundneunzig. Gell, Herr Stöger? Ich würde sagen, er schaut wie sechsundneunzig aus.«

»Sie, Gero, gleich setzt es was«, erwidert Herr Stöger und lacht. Der lockere Umgangston zwischen den beiden scheint normal zu sein.

»Eine Besonderheit muss ich dir nennen, Selma. Herr Stöger hat nur noch ein Bein. Du bist jetzt in seiner Wohnung bei uns im Heim hier.«

Ich frage, ob ich das anstehende Gespräch auf dem Smartphone aufnehmen darf.

»Herr Stöger nickt. Das ist also okay. So, hier ist ein Stuhl für dich. Jetzt sitzt du Herrn Stöger in seinem Rollstuhl direkt gegenüber. Ich lass euch jetzt mal alleine!«, verabschiedet sich Gero.

Ich höre, wie sich hinter mir die Tür schließt. Irgendwie ist mir nicht wohl in meiner Haut. Alleine mit einem mir völlig unbekannten alten Herrn in diesem Seniorenzimmer, das nach Reinigungsmittel und Eukalyptus riecht.

Meine Befangenheit weicht aber von Minute zu Minute. Denn Herr Stöger beginnt zu erzählen. Mit ihm tauche ich tief in die Vergangenheit ein. Ich höre die Geschichte eines Menschen, der schon jung das Gefühl hatte, sein Leben habe keinen Sinn mehr. Wegen eines Schicksalsschlags. Von solchen Menschen habe ich vor der Schwarzen Wand sicher auch gehört oder gelesen. Das geschah mehr beiläufig, war wieder vergessen, sobald ich mich mit etwas anderem beschäftigte. Aber jetzt bei Herrn Stöger bin ich wie ein Schwamm, sauge jedes Wort auf, weil ich spüre: Es kann gut sein, dass ich das, was er mir sagt, nie mehr vergesse.

Herr Stöger erzählt. Fast achtzig Jahre Altersunterschied sind so gut wie aufgehoben. Das Leben von Herrn Stöger und meins, sie vermischen sich in meinen Gedanken. Und meine kleine Welt beginnt sich zu drehen.

HERR STÖGER ERZÄHLT VON EINER WUNDERSAMEN FRAU

Ich bin 1922 geboren. Mein Vater besaß ein Geschäft für Kolonialwaren und Landesprodukte in einer kleinen Stadt im Allgäu, außerdem betrieben wir eine bescheidene Landwirtschaft. Drei Kühe, ein Schwein, ein Pferd sowie ein Acker, nicht viel größer als ein paar Fußballfelder. In den Jahren nach dem Ersten Weltkrieg hatten die Leute wenig Geld. Unser Geschäft hielt sich gerade so über Wasser. Mit meinen Geschwistern musste ich schon von Kindesbeinen an in der Landwirtschaft helfen, weil mein Vater ja im Geschäft stand oder in der übrigen Zeit zu Großhändlern fuhr, um Ware zu bestellen. Meine Mutter führte den Haushalt und half immer mal wieder im Geschäft aus, vor allem in den Wochen vor Weihnachten oder in der Erntezeit.

In der Volksschule und später an der Realschule sagten mir die Lehrer nach, ich könne gut zeichnen. Das empfand ich gar nicht so, vor allem weil mein eigentliches Interesse ein ganz anderes war. Mir lag das Fach Leibesübungen am meisten. Heute würde man Sport sagen. Besonders gut war ich in der Leichtathletik, und da wiederum im Laufen der Kurzstrecken. Niemand unter meinen Gleichaltrigen konnte mir das Wasser reichen, wenn ich lossprintete. Herr Hausner, einer meiner Lehrer im Fach Leibesübungen, erkannte meine Begabung und gab meinen Eltern den Rat, mich in einem Verein anzumelden. Mein Vater war anfangs abgeneigt, zu sehr brauchte er meine Arbeitskraft in der Landwirtschaft. Erst als Herr Hausner die Olympischen Spiele ins Spiel brachte, kam mein Vater ins Nachdenken. Für die gerade laufenden Spiele in Berlin war ich noch zu jung gewesen. Aber die nächsten Olympischen Spiele, die in Tokio 1940 stattfinden sollten, seien eine reale Option, behauptete Herr Hausner.

»Dann wirst du gegen den schwarzen Amerikaner laufen? Den Jesse Owens?«, fragte mein Vater ungläubig.

»Vielleicht«, sagte ich. »Ich werde jedenfalls alles geben, um das zu schaffen.«

»Na gut«, lenkte mein Vater schließlich ein, »dann melde ich dich mal bei unserem Sportverein an.«

Dreimal die Woche ging ich von da an zu den Übungsstunden. Mit gutem Schuhwerk und professioneller Anleitung schaffte ich Zeiten nahe an 11,5 Sekunden auf einhundert Meter und gewann einige bayerische Wettkämpfe. Der nächste Karriereschritt kam. Zwei Vertreter des TSV 1860 München reisten eigens aus der Landeshauptstadt an und machten meinen Eltern das Angebot, mir freie Kost und Logis sowie ein kleines Taschengeld zu gewähren, wenn ich mich ihrem Leichtathletikverein anschließen würde. So zog ich nach München und trainierte täglich. In dieser Zeit gab Tokio die Bewerbung für die Olympiade zurück, und Helsinki rückte als Anwärter nach. Doch der Beginn des Zweiten Weltkriegs zerstörte alle meine Träume. Statt an Olympia teilzunehmen, erhielt ich den Bescheid über die Einberufung zur Wehrmacht. Ich nahm als Mitglied der 6. Armee am Frankreich-Feldzug teil, den ich mit leichten Blessuren überlebte. Nach einer kurzen Auszeit bei meinen Eltern ging es an die Ostfront. Ich gehörte zu denen, die nur ganz knapp der Hölle von Stalingrad entgingen. Aber mir stand dafür eine andere Hölle bevor. Bei einem Gefecht erlitt ich eine schwere Verwundung. In einem Feldlazarett amputierte man mir das linke Bein. Für Stalingrad, für den Krieg war ich verloren.

Mit viel Glück schaffte ich es, nach Hause zu meinen Eltern zu gelangen. Ein gebrochener junger Mann von zwanzig Jahren.

Die letzten zweieinhalb Kriegsjahre verbrachte ich mit Grübeln und mit vielen seelischen Abstürzen. Ich, der Kandidat für den Einhundertmeterlauf bei Olympia, war jetzt ein Krüppel, sagte ich mir täglich unzählige Male. Es gab Phasen, in denen ich versucht habe, mein Leid zu relativieren. Wäre es besser gewesen, in russische Kriegsgefangenschaft zu geraten und irgendwo in Sibirien zu erfrieren oder zu verhungern? Ja, das habe ich mich manchmal in meiner Not gefragt und mir in schlechten Phasen auch gewünscht. Denn ein Einhundertmeterläufer mit nur einem Bein, das ist auch kein Leben mehr.

Mein Vater hatte mir damals ein paar Holzkrücken gezimmert. Mit ihnen habe ich stundenlang jeden Tag geübt, um mich wenigstens ein bisschen fortzubewegen. Immerhin bekam ich starke Oberarme dadurch. Nachdem der Krieg zu

Ende war, hoffte ich auch, irgendwann eine Prothese zu erhalten.

In dieser Zeit, als nach dem Krieg alles darniederlag, schaffte ich es irgendwann alleine bis zu unserer Stadtkirche. Ich weiß noch genau, wie mich das Sitzen in einer der langen und kalten Bänke damals innerlich zerrissen hat. Überall diese Engelsdarstellungen, die Wunder, die Jesus vollbracht hat, dieser gemalte Glaube an die Macht Gottes. Wo war dieser Gott im Krieg, in Stalingrad? Wo war er, als mir der Granatsplitter mein Bein zertrümmerte?

Weinend saß ich da, eine gefühlte Ewigkeit lang. Plötzlich spürte ich eine Hand auf meiner Schulter. Ich drehte mich um und sah eine ältere, mir unbekannte Frau mit Kopftuch.

»Weinen ist gut«, sagte sie und strich mir übers Haar. »Du bist doch der schnelle Sohn des Kolonialwarenhändlers?«

Ich nickte stumm.

»Du wirst nicht mehr rennen können, wie ich sehe.«

»Ja, ich bin ein Krüppel«, erwiderte ich und schämte mich für meine Tränen und meine gebrochene Stimme.

Eine Zeit lang schwiegen wir, und ich sah wieder nach vorne zum Altar.

»Überlege dir, was du noch gut kannst«, hörte ich dann die flüsternde Stimme dicht an meinem Ohr. »Du musst dir dein Leben zurückholen.«

Von Tränen geschüttelt, nickte ich nur und sah weiter nach vorne. Erst nach einer Weile drehte ich mich um. Die Frau war verschwunden.

Die nächsten Tage ging ich einmal am Tag zur Stadtkirche. Die Frau sah ich nie wieder. Aber ihre letzten beiden

Sätze hallten in mir nach: Überlege, was du noch gut kannst. Und: Hol dir dein Leben zurück.

Mir kam die Erinnerung an die Schulzeit, an meine Zeichnungen, die die Lehrer so sehr gelobt hatten. Wenn ich es richtig bedachte, machte mir das Zeichnen Freude. Damals wollte ich das den Lehrern und mir selbst gegenüber nicht zugeben, weil ich nur das Sprinten im Kopf hatte. Jetzt begann ich, auf der Rückseite von alten Lieferzetteln meines Vaters zu zeichnen. Szenen aus dem Krieg. Pferde, die Kriegsgerät ziehen. Ein Lazarett mit Dutzenden von Schwerverletzten. Ein amputiertes Bein. Doch wer wollte solche Bilder sehen? Eine Zukunft bot mir das nicht.

Es war wieder ein Nachmittag in der Stadtkirche. Ich war alleine und wagte es, mich auf den Boden des Chorraums zu legen. Von dort aus sah ich mir das Deckengemälde an. Ein Fresko, das den sternenübersäten Himmel zeigt, darin der triumphierende Auferstandene, der das Leid der Welt überwunden hat. Ein Bild, das mir nicht gefiel, weil es das Leben und Leiden in dieser Welt einfach so wegschob. Eine Vertröstung aufs Jenseits. Kein wirklicher Trost. Wenn es jemals wieder zum Bau einer Kirche kommen sollte, müsste die andere Bilder zeigen. Bilder von einem Christus voller Fragezeichen, einem irdischen Jesus, der das Leid der Menschen zu seinem macht. Bilder von einem weinenden Gott, dessen Tränen als Regen über das umkämpfte Stalingrad niedergehen. Kriegsmenschen, die sich von ihrer ursprünglichen Bestimmung als menschliches und empathisches Wesen so weit wie nur irgendwie entfernten, wenn sie sich in Kriegen apokalyptischen Ausmaßes zerstörten.

Ideen, Visionen fluteten meinen Kopf, mein Herz, alle Fasern meines Körpers fieberten. Überlege, was du noch gut kannst. Zeichnen, malen, künstlerisch gestalten, klar, da hatte ich eine Begabung. Kirchen ausmalen, gestalten, war das meine Berufung? Hol dir dein Leben zurück – das bedeutete: Ich muss irgendwie die Aufnahmeprüfung an einer Kunstakademie schaffen. Und, so schwor ich mir in diesen Stunden in der Stadtkirche: Du musst dich auf einiges gefasst machen. Sie wollen mit einem Bein Fresken in Kirchen malen? Hahahaha, das ist ja, wie wenn ein Tauber Musik studieren will! Wie wollen Sie denn auf die Gerüste steigen?

Gegen diese Einwände, gegen diesen Spott baute ich mir eine innere Burg auf. Nichts sollte mich in meinem jetzt feststehenden Entschluss so leicht erschüttern. Ich brachte es mit den Krücken bis zur Stadtkirche, dann würde ich es mit Muskelkraft der Oberarme auch auf ein Malergerüst schaffen.

Ich bewarb mich also mit einer Mappe an der Akademie der Bildenden Künste in München. Wenige Wochen später kam die Zusage. Als ich den Brief in Händen hielt, zitterte ich am ganzen Körper. Ich hatte mich auf einen gewagten Weg gemacht. Ein erster Meilenstein lag hinter mir. Obwohl ich nur ein Bein hatte, sah die Akademie keinen Hinderungsgrund, mich für das Studium der Monumentalmalerei und Wandgestaltung anzunehmen. In meinem Lebenslauf hatte ich meine Körperbehinderung beschrieben, aber auch deutlich gemacht, dass sie dazu beitragen würde, mich künstlerisch reifen zu lassen, insbesondere wenn es darum ging, Kirchen mit Wand- und Deckengemälden auszugestalten.

Mit einem Professor und einigen Kommilitonen erhielten wir 1950 den Auftrag, eine Kirche in Augsburg auszumalen. Damals habe ich geglüht vor Begeisterung für diesen Auftrag. Bei jedem weiteren Auftrag war das so, fast ein halbes Jahrhundert lang. Mit meiner Behinderung war es manchmal umständlicher und schwieriger. Aber der Mensch ist anpassungsfähig. Ich fand immer einen Weg, die technischen Herausforderungen, die das Malen mit sich brachte, zu meistern. Die starken Muskeln der Oberarme und die des verbliebenen Beins haben das fehlende Bein meist ausgeglichen.

Jetzt bin ich ein alter Mann, einer der letzten, die bis siebzig Kilometer vor Stalingrad im Krieg gekommen waren und noch leben. Mein Leben hat mit dem Verlust des Beines eine schwere Beeinträchtigung erfahren. Ich will das auch nicht verklären. Immer wieder hatte ich seelische Abstürze wegen meines reduzierten Daseins. Aber jetzt blicke ich auf ein erfülltes Leben zurück. Ich habe Dutzende Kirchen ausgemalt. Es gibt viele Holzschnitte, Radierungen und Aquarelle von mir in zum Teil bedeutenden Kunstsammlungen, wo sie öfter ausgestellt werden. Vor allem habe ich indirekt in fast allen meinen Darstellungen zwei Fragen verhandelt, ohne dass sie als solche direkt zu erkennen sind: Wo war Gott im Krieg? Wo war er, als mir der Granatsplitter mein Bein zertrümmerte?

Mit der Kunst ist mir etwas gelungen, was mir die unbekannte Frau mit dem Kopftuch als Auftrag zugeflüstert hat: Ich habe mir mein Leben zurückgeholt.

KAPITEL 10

»Haben Sie sich denn damals nicht gefragt, warum gerade Sie der Granatsplitter getroffen hat? Warum die Welt so ungerecht ist?«

Herr Stöger ist verstummt. Seine Worte hallen in mir nach. Ich höre meinen Atem und kontrolliere ihn. Langes Einatmen, langes Ausatmen und dann fünf Sekunden den Atem anhalten. Das tue ich immer, wenn ich aufgeregt bin. Zuletzt vor den Abi-Klausuren. Die Erzählung hat mich tief getroffen. Ein junger Mann, der eine schwere körperliche Beschädigung erfährt. Der seinen großen Lebenstraum zerstört sieht. Das ist doch bei mir auch so, auch wenn ich nicht den einen großen Traum hatte wie Herr Stöger, der auf die Olympia-Teilnahme hoffte. Bei mir sind es viele kleine Träume, Optionen für die Zukunft, die die Schwarze Wand vernichtet hat. Wird auch mich jemand ansprechen und mir den Weg weisen, wie die geheimnisvolle Frau mit dem Kopftuch in der Stadtkirche es bei Herrn Stöger getan hat?

Jetzt räuspert sich der alte Herr.

»Tja, also diese Frage habe ich mir nur ganz allgemein gestellt. Wie konnte es zu so einem schrecklichen Krieg kommen? Manchmal habe ich, wenn die Granaten einschlugen, gedacht, das wäre das Ende der Welt.«

»Sie haben überlebt. Gut und schön. Aber was ist in Ihnen vorgegangen, bevor Sie diese Frau in der Stadtkirche angesprochen hat? Waren Sie da nicht gereizt, aggressiv, wie so ein Vulkan, der immer mal ausbricht? Weil Sie das mit dem Bein als so ungerecht empfunden haben? Gerade Sie als Sprinter verlieren ein Bein?«

Ich sehe den Old Faithful vor mir, während ich mir mit einem Taschentuch den Schweiß aus dem Gesicht wische.

Das Zimmer von Herrn Stöger kommt mir überheizt vor.

»Vielleicht ist das eine Frage des Charakters, des Temperaments. Ich bin eigentlich nie aggressiv nach außen, fresse das Leid eher in mich hinein. Stattdessen habe ich, wie gesagt, begonnen, mein Schicksal zu relativieren und mit dem anderer zu vergleichen. Ich habe damals auch das Elend um mich herum gesehen. Millionen Männer sind nicht aus dem Krieg nach Hause zurückgekehrt. Elendiglich auf einem Schlachtfeld gestorben. Und Kriegskrüppel wie mich, die standen an jeder Ecke herum und fragten sich, was jetzt wohl aus ihnen wird. Ich sah welche, die hatten beide Beine und einer sogar noch zusätzlich einen Arm verloren. Da geht es dir doch noch gut, habe ich mir zwar in solchen Augenblicken gesagt, aber auch gemerkt, dass mich das nicht wirklich tröstete. Das waren aufgepfropfte Sätze, die mir irgendwelche Verwandten gesagt hatten und die mich nicht in meiner inneren Not erreichten. Denn es gab auch die Männer, die den Krieg heil überstanden hatten, zumindest ohne dauerhaften körperlichen Schaden. Auf die war ich neidisch. Aber nach der Begegnung mit der geheimnisvollen Frau in der Kirche war alles anders.«

»Wieso?«

»Weil sie mir geholfen hat, mein eigentliches Problem zu entdecken. Ich habe mich mit denen verglichen, die den Krieg unversehrt überstanden und ein neues Leben mit viel Schwung begonnen haben. Aber dieses Vergleichen bringt mich nicht weiter, habe ich mir nach dem Gespräch mit der Frau gesagt. Ich muss mir mein eigenes Leben wieder zurückholen.«

»Weil Sie es sich haben nehmen lassen. Durch die Amputation, das Selbstmitleid, durch den Blick auf andere, denen es besser ging.«

»Ja, junge Frau, entschuldigen Sie, ich habe Ihren Namen vergessen …«

»Selma.«

»Selma. Was für ein schöner Name. Warum haben Sie Ihre Eltern so getauft? Der Name ist bei uns ja eher selten.«

»Wegen der Dichterin Selma Lagerlöf. Meine Eltern sind Schwedenfans.«

»Jedenfalls haben Sie das richtig erkannt. Ich habe mein Leben mit anderen verglichen. Ich habe mich selbst bemitleidet, mich innerlich aus dieser Welt verabschiedet. Bis dann diese Frau kam.«

»Die Ihnen gesagt hat, überlege dir, was du außer Sport noch gut kannst.«

Wir schweigen eine Weile. Dann klopft es an der Tür, und Gero betritt das Zimmer.

»Alles gut bei euch?«

»Ja, ja«, sagt Herr Stöger und klingt jetzt plötzlich schwach und müde.

»Kannst du mich zur Parkbank bringen, Gero?«

»Klar!«

»Vielen Dank, Herr Stöger, ich werde über Ihre Worte nachdenken. Sie haben mich sehr beeindruckt.«

Mit Gero verlasse ich das Heim. Er fragt mich nicht nach dem, was mir Herr Stöger erzählt hat. Ich bin sicher, er kennt die Lebensgeschichte des alten Herrn und glaubt, mir würde das helfen. Immerhin habe ich ihn ja nach dieser Frau Aumüller gefragt, die im Krieg offenkundig auch den Lebensmut verloren hatte. Frau Aumüller war jetzt tot, und Gero hat gespürt, wie wichtig mir das Gespräch mit ihr gewesen wäre. Weil ich gerne von ihr erfahren hätte, wie sie mit ihrem verlorenen Lebensmut umgegangen ist.

Gero ist kommunikativ und scheint mit den alten Menschen im Haus Heilig Geist ein gutes Verhältnis zu haben; er wollte mir Ersatz für die verstorbene Frau Aumüller schaffen und hat sich für Herrn Stöger entschieden. Das Leben des Kirchenmalers bot in der Tat viele Bezüge zu meiner jetzigen Situation. Ach was, Bezüge, das ist viel zu bürokratisch ausgedrückt: Herr Stöger hat mich mit seiner Erzählung zutiefst berührt!

Aber vielleicht ist dieser Gero auch einer von denen, die meinen, mit ein paar Tipps könne ich mich mit meinem zerstörten Leben abfinden. Herr Stöger hat's gepackt, mit einem Bein zu leben, also packst du es doch wohl auch, als Blinde zu leben, oder? Ist dieser Gero auch nur so ein schlichter Ratgeber, Klugredner, Beschwichtiger? In meinem Inneren regt sich wieder der Old Faithful, ich will gegen Gero aufbegehren, suche nach irgendwelchen schlechten Motiven, die ich ihm unterstellen kann.

Wir kommen im Eingangsbereich an. Die Schiebetür öffnet sich kaum hörbar.

»Ich habe noch einige andere von unseren Bewohnerinnen und Bewohnern, die ich dir gerne vorstellen möchte, Selma.«

Gero hat seine Hand auf meine Schulter gelegt. Ich packe meinen Stock aus dem Rucksack und klappe ihn auseinander.

»Danke, nett von dir. Aber ich glaube, wir lassen das. Das bringt mir nichts. Ich muss die nächsten Tage auch viel für die Uni tun und habe keine Zeit. Ich wollte mir sowieso eine andere Route zum Spazieren aussuchen. Kann sein, dass wir uns nicht mehr begegnen.«

Wir gehen ein paar Schritte. Mit dem Stock ertaste ich feines Geröll. Das muss der Kiesweg im Park sein. Ich weiß jetzt, wo ich mich befinde. Aber innerlich bin ich orientierungslos. Ich verabschiede mich nicht mal von Gero, lasse ihn einfach stehen und stapfe los. Das Gespräch mit Herrn Stöger, sein Schicksal mit der Amputation hat mich mehr ergriffen, als ich mir und vor allem Gero eingestehen mag.

Du warst so undankbar gegenüber Gero, schimpfe ich mich jetzt schon auf dem Nachhauseweg. Ich hätte doch wenigstens sein Angebot nicht gleich ganz ausschlagen müssen. Kein Wunder, wenn er jetzt von mir bedient ist. Der hat genug zu tun und muss sich nicht um mich kümmern. Um so eine Undankbare, Sture. Wenn ich ehrlich bin, interessiert es mich brennend, mit welchen Menschen er mich noch in Kontakt bringen will.

Warum rede ich genau das Gegenteil von dem, was mein Herz sagt? Warum weise ich Geros Angebot zurück, obwohl ich es gerne annehmen würde? Ich bin für meine Umwelt oft ein Rätsel. Für mich selbst bin ich es aber noch viel mehr.

Zu Hause gehe ich in mein Zimmer, werfe mich aufs Bett, höre lauten Rap, will mich betäuben. Jetzt habe ich es geschafft, auch noch diesen Gero zu verprellen. Mann, ich bin so eine Idiotin. Wieder lasse ich meinen Gefühlen freien Lauf und weine ins Kopfkissen. Irgendwann fasst mich eine Hand am Arm, ich schrecke zusammen. Mit einem Klick beende ich die Musik. Meine Mutter hat sich aufs Bett gesetzt.

»Selma, ist doch alles gut. Hier, ein Anruf für dich.«

Sie reicht mir das Festnetztelefon. Wo ist mein Handy? Ich ertaste es.

»Ja?«, rufe ich unsicher ins Telefon und höre, wie sich die Zimmertür schließt. Meine Mutter ist wohl gegangen.

»Hier ist Gero. Sorry, dass ich dich auf dem Festnetz anrufe. Aber ans Handy gehst du ja nicht.«

»Das war noch stumm geschaltet. Wegen des Gesprächs mit Herrn Stöger. Da wollte ich nicht gestört werden.«

»Alles gut. Du solltest dir das noch mal überlegen. Das mit den Gesprächen. Mit unseren Leuten.«

»Ja«, sage ich nur.

»Morgen wieder an der Parkbank?«

»Ja, morgen wieder an der Parkbank.«

Gero hat mich angerufen, obwohl ich ihn grußlos habe stehen lassen. Bockig, nervig, abweisend bin ich zu ihm gewesen, obwohl er mir ein gutes Angebot für weitere Gespräche mit Bewohnerinnen und Bewohnern im Haus Heilig Geist gemacht hat. Da wäre es normal, wenn er mich nach diesem meinem Verhalten in die Wüste schickt. Tut er aber nicht. Warum nicht? Er ruft mich stattdessen an.

Wahre Freunde halten an einem fest, auch wenn man scheiße drauf ist.

KAPITEL 11

Am nächsten Morgen setze ich mich an den Computer und schreibe Herrn Stögers Lebensgeschichte auf. Wer weiß, wozu ich sie vielleicht noch gebrauchen kann. Immer und immer wieder höre ich mir die Aufnahme an. Ich überlege mir, welche Lehren man daraus ziehen kann. Ich komme auf drei Punkte, die ich sogleich unter die Lebensgeschichte schreibe:

1. *Wenn du etwas nicht mehr ausüben kannst, überlege, was du sonst noch gut kannst.*
2. *Hol dir dein Leben zurück.*
3. *Vergleiche dich nicht mit anderen.*

Der dritte Punkt ist entscheidend für die beiden anderen. Er ist zugleich der schwierigste. Denn haben wir das Vergleichen nicht gleichsam in den Genen? Mit Oma und Opa habe ich als Kind gerne Tierfilme geschaut. Einmal ging es um Wapitihirsche. Die Wapiti-Bullen mit den größten Geweihen haben die besten Chancen bei den Weibchen. Je früher sie das alte Geweih abwerfen, desto größer wird das neue. Aber in der Zeit ohne Geweih sind sie ziemlich wehrlos und deswegen besonders gefährdet. Ihr ganzes Trachten dreht sich also um die Frage: Habe ich das größte und imposanteste Geweih und wie bekomme ich es? Und die Weibchen denken genauso. Sie suchen sich den aus, der am meisten zu bieten hat.

»Ist wie bei den Menschen«, hat mein Opa damals gesagt. »Die Männer schauen auch oft, wie sie das glänzendste Auto, das dickste Bankkonto bekommen, weil sie glauben, die Frauen damit zu beeindrucken.«

Sich mit anderen vergleichen. Tue ich das erst, seitdem ich blind bin? Vergleiche ich, die Blinde, mich mit den anderen, die so viel mehr können, weil sie sehen? Ich denke an die Zeit vor der Schwarzen Wand. Julias Figur, Denises Schulnoten, Roberts früh abgeschlossene Ausbildung – wenn ich mir das genau überlege, ist es nichts Neues in meinem Leben, mich mit anderen zu vergleichen. Nur hat es jetzt eine andere Dimension. Und vergleichen wir uns alle nicht ständig miteinander? Die Frau, die Herrn Stöger in der Kirche so geheimnisvoll angesprochen hat, hat das *Dein* betont: Hol dir *dein* Leben zurück. Nicht das Leben, wie es andere sich von dir erwarten. Nicht das Leben, das fremddefiniert ist. Nicht das Leben, das sich seine Maßstäbe aus dem Vergleich mit anderen holt. Stattdessen: *dein* Leben!

Was aber ist *mein* Leben?

Hier spielt nun der erste Punkt hinein: *Mein* Leben ist es, wenn ich etwas ausübe, was ich gut kann, was mich erfüllt und womit ich auch anderen etwas gebe. Für Herrn Stöger war es die Kirchenmalerei, darüber hinaus ganz allgemein das künstlerische Wirken. Die Kirchenmalerei war für ihn als Einbeinigen eine körperliche Herausforderung. Doch hat er daraus auch eine ganz besondere Motivation gezogen.

Was kann ich gut; ich, die ich jetzt nichts mehr sehe? Ich erinnere mich an meine AGs in der Schule. Klimaschutz habe ich mir mit anderen auf die Fahnen geschrieben. Und Tiere liebe ich. Haustiere hatte ich, außerdem habe ich als Grundschulkind Reiten gelernt und es ein paar Jahre betrieben. Von alldem rührte meine Idee, Biologie zu studieren. Aber das habe ich abgeschrieben. Naturwissenschaftliche Studien scheiden für mich aus. Die komplizierten Formeln in Grundlagenfächern wie Chemie, Physik und Mathe, die kann ich als Blinde nicht so verarbeiten, wie ich das müsste. Dazu die ganzen Experimente, am Schluss jage ich die ganze Uni in die Luft. Und eine blinde Reiterin, das geht auch kaum. Jedenfalls nicht alleine. Immer müsste ich andere dabeihaben.

Im Schulchor habe ich gesungen. Wir waren auf einer Konzertreise in Frankreich, vor Weihnachten gab es mitreißende Konzerte in der überfüllten Aula. Manchmal habe ich kleine Solorollen übernommen. Aber dass ich eine besondere Begabung zum Singen habe, das glaube ich nicht. Vielleicht sollte ich das erst noch mal überprüfen, Gesangsunterricht buchen, Popgesang probieren.

Was ich definitiv schon jetzt weiß: Philosophie werde ich nicht studieren. Die verquaste Sprache, die Ferne zur Lebenswirklichkeit, das alles ist nicht mein Ding.

Je länger ich nachdenke, desto deprimierender ist das Ergebnis. Herr Stöger konnte zwei Dinge überdurchschnittlich gut: sprinten und malen. Als das Sprinten nicht mehr ging, trat das Malen bei ihm in den Vordergrund. Aber ich, ich habe gar keine so überdurchschnittlichen Begabungen. Oder sie sind noch nicht entdeckt.

Doch müssen es unbedingt überdurchschnittliche Begabungen sein? Genügen nicht einfache Begabungen, die man aber mit ganzem Herzen ausübt? Herrn Stöger haben seine künstlerischen Fähigkeiten geholfen, wieder Mut zum Leben zu finden. Nicht nur das Erlebnis, mit dem Malen etwas handwerklich Anspruchsvolles auszuüben. Auch inhaltlich hat ihn das Malen von seiner Lebenskrise befreit. Er hat sich in seinen Kirchengemälden mit Gott auseinandergesetzt und die Frage nach dessen Existenz im Krieg, in Leid und Elend gestellt. Damit hat er für viele andere Menschen die entscheidenden Fragen des Lebens gestellt.

Solche Fragen habe ich auch schon formuliert. Meine drei Lebensfragen. Im Gespräch mit Herrn Stöger habe ich einige kleine Annäherungen an diese drei Fragen erreicht:

Warum ist die Welt so ungerecht?

Keine Antwort möglich. Bedeutet eine gerechte Welt, dass es allen gleich gut oder gleich schlecht geht? Das ist, so glaube ich, eine Illusion. Es wird immer Unterschiede geben. Wer sich mit anderen vergleicht, findet immer welche, denen es besser, und welche, denen es schlechter geht. Ich bin zwar blind, aber die berühmte US-Schriftstellerin Helen Keller war blind und zusätzlich taubstumm. Es gibt Menschen, die hängen an der Dialyse, sitzen mit einer geistigen und körperlichen Behinderung im Rollstuhl oder leiden unter bösartigem und tödlichem Muskelschwund. Die wären vielleicht froh, mit mir zu tauschen. Was bringt das Abwägen der Leidensstufen? Und: Gibt es nicht in jedem Leben gute und schlechte Zeiten? Man kann das doch nicht so einfach auf die Aussage reduzieren: Es gibt Menschen, denen es immer gut, und andere, denen es immer schlecht geht!

Woran wir alle leiden und kranken: an Vergleicheritis. Herr Stöger hat das Vergleichen eingestellt, als er mit der Kirchenmalerei ein neues Lebensthema entdeckt hat.

Das hat ihm auch bei der nächsten Frage geholfen:

Woher bekomme ich nach einem sehr schweren Schlag wieder Mut zum Leben?

Indem ich eine Lebensaufgabe finde. Indem ich überlege, was ich gut kann, obwohl ich körperlich stark eingeschränkt bin. Eine Gabe, die auch ich entwickeln kann, die mich ausfüllt, nachdem ich die Gabe des Sehens verloren habe. Mir fällt bloß keine Gabe ein. Vielleicht sage ich besser: »noch nicht«; denn auch bei Herrn Stöger hat es eine Weile gedauert, bis er das Malen als seine Lebensaufgabe erkannte. Vielleicht ist es ja auch bei mir nur eine Frage der Zeit, bis ich eine solche Aufgabe finde, die ich leisten kann und die mich ausfüllt.

Gibt es das Unsichtbare hinter den sichtbaren Dingen?

Herr Stöger hat sich im Krieg intensiv die Gottesfrage gestellt. Durch die Kirchenmalerei hat er sich weiter mit dieser Frage auseinandergesetzt. Aber Herr Stöger ist in einer Zeit aufgewachsen, wo man viel stärker religiös war. Ich bin zwar konfirmiert worden, aber so richtig an Gott glauben … Ich weiß nicht. Ich habe nicht mal die Kraft, mich wegen der Schwarzen Wand gegen ihn aufzulehnen, mit ihm zu hadern, zu schimpfen. Gott ist für mich bestenfalls eine blasse Kopie von etwas, das früher die Welt geprägt hat und heute nur noch ganz schwer zu entziffern ist.

Wer weiß, so wie bei Herrn Stöger die geheimnisvolle Frau in der Allgäuer Kirche seine innere Isolation aufgebrochen hat, so ist Gero vielleicht für mich eine Art Gesandter aus einer anderen Wirklichkeit, der mir den Weg weist. Gesandt von wem? Von Gott? Wie pathetisch klingt das denn! Komm, Selma, spinn mal nicht rum!

Am nächsten Tag sagt Gero: »Ich möchte dir am Samstag gerne Frau Brunnbauer vorstellen. Sie ist achtundsiebzig Jahre alt und hat ein sehr aufregendes Leben.«

»Okay«, sage ich. »Was ist denn das besonders Aufregende an ihrem Leben?«

»Willst du das wirklich schon vorher wissen?«

Ich überlege kurz. Meine Neugierde gewinnt die Oberhand.

»Ja, Gero, bitte sag.«

»Der Sohn von Frau Brunnbauer ist ein Mehrfachmörder. Er sitzt lebenslänglich im Gefängnis.«

KAPITEL 12

Winteranfang. Einundzwanzigster Dezember. Die Frist ist um. Meine Lebensfragen sind nicht beantwortet. Die Nächte draußen sind frostig, und auch mein Herz fühlt sich seit jenem Tag, als die Schwarze Wand um die Ecke bog, oft wie schockgefrostet an. Ein halbes Jahr lebe ich jetzt mit meinem Schicksal als Blinde. Dazu kommt die Trennung meiner Eltern. Doch das Eis in meiner Seele hat in dieser Zeit auch manchen Riss erfahren. Sonja, Laura, die Selbstständigkeit beim Gehen meiner Runde, die Uni, die Bekanntschaft mit Gero, Herrn Stögers Lebensgeschichte. Menschen sind manchmal wie Sonnenstrahlen, die unser inneres Eis aufbrechen. Vor allem Gero hat mich auf einen Weg gebracht. Gespräche mit alten Menschen, die so viel Lebenserfahrung und Weisheit besitzen. Noch sehe ich kein Ziel, keine klaren Antworten auf meine Fragen. Aber ich stehe nicht mehr bei null. Die weiteren Gespräche im Altenheim möchte ich abwarten. Ich setze mir also den einundzwanzigsten

März als neue Frist. Frühlingsanfang. Bis dahin will ich klarere Antworten auf meine drei Lebensfragen haben.

Heute Nachmittag werde ich zu dieser Frau Brunnbauer gehen. Aber mein Kopf ist nicht frei. Mein Vater ist in der letzten Zeit oft am Abend gegangen, zur Freundin, bei ihr wohnt er jetzt immer mehr; wenn er bei uns übernachtet, dann im Gästezimmer. Ein Abschied auf Raten. Gestern hat er Lennart und mir eröffnet, dass er an Heiligabend nur bis zehn Uhr am Abend bleiben wird. Dann wird er seine Freundin besuchen. Sie wäre sonst ganz alleine, weil ihre Kinder an Heiligabend bei ihrem Vater sind. Als er es unserer Mutter gesagt hat, hat sie ihn angegiftet, er könne gleich ganz wegbleiben. Vorfreude auf Weihnachten, das war für mich bisher selbstverständlich. Jetzt aber fehlt sie mir. Auch Lennart blieb stumm, als er die Nachricht erfahren hat.

Ich mache mir Vorwürfe, fühle mich schuldig an der Situation. Wäre der Unfall nicht passiert, hätten meine Eltern vielleicht noch länger durchgehalten. Zumindest bis Lennart mit der Schule fertig ist. Ich habe ihre letzten Auseinandersetzungen ungewollt mitbekommen, auch wenn sie die Tür geschlossen hatten, denn mein Gehör ist schärfer geworden. »Selma war nicht angeschnallt, und das, weil sie es von dir nie gelernt hat, zuverlässig, ordentlich, pflichtbewusst zu sein«, keifte mein Vater. »Und du hast sie mit deiner Strenge, deiner gnadenlosen Art genau dazu gebracht, dass sie Regeln verletzt, sich nicht an Ordnungen hält, sobald sie aus dem Haus ist«, hielt meine Mutter dagegen.

So ein Streit, gerade auch wieder der gestern Abend, als es um Heiligabend ging, zieht mich in ein emotionales Loch, in einen seelischen Abgrund. Auf das Gespräch mit dieser Frau Brunnbauer habe ich mich gefreut. Jetzt, nach diesem elementaren Streiten meiner Eltern, rutscht mir etwas weg, was ich nicht genau benennen kann: Geborgenheit? Emotionale Heimat? Das familiäre Netz? Vermutlich ist es das alles zusammen und noch viel mehr.

Auch an Lennart gehen die Konflikte unserer Eltern nicht spurlos vorüber. Er ist ruhiger geworden, bringt kaum noch Kumpels mit nach Hause. Seine Schulnoten sind schlechter geworden, auch wenn es beim letzten Elternabend keine Beschwerden wegen seines Verhaltens gab, wie mir meine Mutter erzählte.

Mit meiner Mutter habe ich seit dem Erlebnis mit meinem Vater auf dem Oktoberfest ein deutlich innigeres Verhältnis. Sie vertraut mir Dinge an, über die sie bis dahin nie mit mir gesprochen hat.

Heute zum Beispiel erzählt sie mir, eine Stunde bevor ich zu Frau Brunnbauer aufbreche, dass sie meinen Vater geheiratet hat, obwohl damals auch ein anderer Mann sehr interessiert war. Der andere Mann war Künstler, ein Liedermacher, trug einen Zopf und war auch sonst das krasse Gegenstück zu meinem Vater. Sie habe, so sagte mir meine Mutter, gespürt, dass mein Vater ein guter und verlässlicher Versorger für die Familie sein würde. Timo dagegen, so hieß der Liedermacher, war fast immer pleite, investierte das Geld, das er für seine nicht gerade zahlreichen Konzerte bekam, sogleich in Bedarf und Zubehör für seine Bienenzucht. Sein Apartment in Haidhausen war klein, aber sehr gemütlich und schön, schwärmte meine Mutter und sagte damit indirekt, dass sie dort wohl schöne Stunden verlebt hatte.

»Jetzt, wo Papa mich wegwirft wie eine alte Plastiktüte, da denke ich oft an Timo und frage mich, ob ich mich doch besser für den Künstler statt für den Zahnarzt hätte entscheiden sollen«, sagt meine Mutter und fügt gleich hinzu: »Aber das ist jetzt auch egal. Immerhin habe ich mit Papa so tolle Kinder wie dich und Lennart bekommen.«

Mir tut das Vertrauen meiner Mutter gut. Ich bin in einer tiefen Lebenskrise und entdecke jetzt, wie sich meine Mutter mir voller Vertrauen öffnet. Grund dafür ist auch die viele Zeit, die wir jetzt mit- und füreinander haben. Hätte es die Schwarze Wand nicht gegeben, würde ich jetzt in einer WG in irgendeiner Uni-Stadt wohnen und wäre viel mit Freundinnen dort unterwegs; oder ich wäre in Neuseeland beim Erdbeerpflücken. Mit meiner Mutter alle paar Wochen ein Telefonat und zwei, drei Begegnungen im Jahr an Weihnachten und in der vorlesungsfreien Zeit im Sommer, mehr wäre da nicht. Jetzt verbringe ich intensive Stunden mit ihr und merke, wie ich mich darüber seelisch stabilisiere. In Zeiten größter Not hat man in engsten Angehörigen ein Potenzial an Zuwendung, das bei Normalbetrieb vor sich hin schlummert. So jedenfalls empfinde ich es.

Was mich mit meiner Mutter in der letzten Zeit verbindet, nenne ich die Schwarzen Stunden. Stunden, in denen man sich verzweifelt, zurückgesetzt, von Gott und der Welt verlassen vorkommt. Diese Stunden kennen wir beide. Meine Mutter hat zum Beispiel schmerzhaft erfahren, was es mit dem Sprichwort *In der Not zeigen sich wahre Freunde* auf sich hat. Paare, die mit ihr und meinem Vater gemeinsam befreundet sind, melden sich immer seltener. Meine Mutter glaubt, das liege an ihrem Status. Sie sei jetzt alleine, aus Sicht anderer auf der Suche nach einer neuen Beziehung und damit eine potenzielle Gefahr für die bestehenden Paare, denn sie könnte sich ja an einen verheirateten Mann heranmachen.

»Ich bin an diesen Männern null interessiert«, sagt sie, »aber die Frauen sehen mich dennoch als Konkurrentin und laden mich deswegen nicht mehr zu sich ein. Das wird sich auch in Zukunft so zeigen.«

»Aber, Mama, was würdest du tun, wenn dieser Timo dir wieder über den Weg läuft?«

»Ach, Selma, der ist jetzt sicherlich verheiratet oder anderweitig vergeben. Und ich kann mich noch gar nicht mit so einem Gedanken beschäftigen. Dazu ist die Trennung von Papa noch viel zu frisch.«

»Hoffst du denn, dass Papa wieder zu uns zurückkommt?«

Jetzt dauert es, bis meine Mutter sich räuspert und antwortet.

»Weißt du, manchmal muss man Dinge akzeptieren, auch wenn sie wehtun. Die Liebe ist bei uns beiden weg. Warum das so gekommen ist, keine Ahnung. Wir haben uns da wohl beide aneinander schuldig gemacht. Ich hoffe, es wächst bald so etwas wie ein neues Vertrautsein zwischen Papa und mir. Ein Umgang miteinander, der nicht mehr von Vorwürfen und Verbitterung dominiert ist. Allein schon wegen dir und Lennart.«

Wir haben uns beide aneinander schuldig gemacht. Ich denke über diesen Satz meiner Mutter auch noch nach, als ich zur Parkbank aufbreche. Gero wird mich von dort zu Frau Brunnbauer bringen. Sie hat, wie ich von ihm weiß, heute Geburtstag. Meine Mutter hat mir eine Schachtel Pralinen für sie gekauft. Und eine rote Rose. Für eine mir noch völlig unbekannte Frau. Ich vertraue auf Gero. Er wird schon wissen, warum er ausgerechnet den heutigen Tag für das Gespräch ausgewählt hat.

FRAU BRUNNBAUER ERZÄHLT VON SCHWIERIGER LIEBE

Ich bin 1941 in München zur Welt gekommen, genau am einundzwanzigsten Dezember. Meine Mutter hielt sich an diesem Tag in einem Luftschutzbunker auf, als die Wehen einsetzten. Während britische Bomber ihre tödliche Fracht über München abwarfen, brachte sie mich zur Welt. Mein Vater ist nie aus dem Krieg zurückgekehrt, irgendwo gestorben auf den Schlachtfeldern, vermutlich im Osten Europas. Meine Mutter hat immer gehofft, er wäre vielleicht in Gefangenschaft geraten und würde eines Tages zurückkehren. Aber er kam nicht. Nie wieder war meine Mutter mit einem Mann zusammen.

Meine Kindheit verbrachte ich als Halbwaise in einer zerstörten Stadt. Von der Münchner Altstadt war fast nichts stehen geblieben. Ich sehe noch die verhuschten Gestalten vor mir, früh ergraute Frauen, aus dem Krieg heimgekehrte und schwer gezeichnete Männer, die im Morgengrauen auf der Suche nach etwas Essbarem oder Verwertbarem die Ruinenlandschaft abschritten.

Wer in Schutt und Trümmern aufwächst, hat ein Bedürfnis nach Schutz und Geborgenheit. Darin sehe ich den Grund, warum ich mich schon mit neunzehn Jahren Eduard hingegeben habe. Korrekt muss man sagen: warum ich auf ihn hereingefallen bin. Es war die Zeit, als das deutsche Wirtschaftswunder seinen Anfang nahm. Die größten Kriegsschäden waren beseitigt. Die Hoffnung auf eine bessere Zukunft war zum Greifen nahe. Mit ihrer bescheidenen Rente als Kriegerwitwe und ihrem noch bescheideneren Lebensstil hatte meine Mutter ein paar Ersparnisse angehäuft. Ich hatte eine Hauswirtschaftslehre abgeschlossen und lernte Eduard kennen, als er meine Mutter in ihrer Giesinger Wohnung besuchte. Er war Vertreter für die berühmten Kobold-Staubsauger der Firma Vorwerk. Er erläuterte meiner Mutter die Vorzüge des Gerätes und versprach ihr, noch am Nachmittag ein nagelneues Stück vorbeizubringen, auch wenn sie nicht zu Hause wäre. Er könne es ja mir, der Tochter, geben. Eduard brachte nicht nur einen Staubsauger, sondern auch ein flammendes Herz für mich mit. Er vermittelte mir etwas Väterliches, machte mir zugleich den Hof, sprach von der großen Liebe, und ehe ich mich versah, gab ich mich ihm hin. Dass aus diesem einen Mal eine Schwangerschaft hervorging, traf mich sehr. Vor allem weil Eduard, den ich nur mühselig über die Firma ausfindig machte und der in Wuppertal lebte, die Vaterschaft abstritt. Dort war er ganz bürgerlich verheiratet.

Einmal bin ich sogar nach Wuppertal gereist und habe mich seiner Ehefrau vorgestellt und sie gefragt, ob sie wegen meines Kindes nicht auf Eduard und sein Gewissen einwirken und eine finanzielle Unterstützung für das Kind bei ihm durchsetzen könne. Ihr verhärmtes Gesicht und ihre kalte Reaktion zeigten mir, dass ich wohl nicht die erste Frau war, die mit so einem Anliegen zu ihr kam. Ein Staubsaugervertreter wusste damals, welche Knöpfe er bedienen musste, um sich eine Frau gefügig zu machen.

Meinem Manfred war also eine vaterlose Kindheit beschieden. Eine alleinerziehende Mutter, das war in den Sechzigerjahren noch eher selten. In der Schule hänselten sie ihn damit – Kinder können oft brutal sein. Manfred sonderte sich zusehends von seinen Mitschülern ab und geriet zum Eigenbrötler. Er machte eine Lehre als Rangierer bei der Bahn und lebte bei mir, bis er fast dreißig war. Ich hatte mich schon damit abgefunden, dass ich wohl nie Großmutter werden würde. Denn wie sollte Manfred jemals eine Frau kennen- und diese ihn lieben lernen, wenn er so ein verschrobener Sonderling war? Er sprach fast nichts, war kontaktscheu und pflegte sein Äußeres nicht. Sprach ich ihn darauf an, reagierte er aggressiv. Überhaupt war Manfred mir gegenüber oft hart im Ton, ich ging ihm unsäglich auf die Nerven. Aber er war mein Sohn, und ich liebte ihn trotz seiner Schrullen und Aggressionen.

Als Hobbys hatte er sich das Töten, Präparieren und Sammeln seltener Spinnenarten ausgesucht. In einem Terrarium hielt er sich auch eine Vogelspinne mit schrecklich behaarten Beinen. Das Tier vegetierte unter dem Licht einer lila Leuchtstoffröhre vor sich hin und fraß Schaben, Grillen und Heuschrecken, die Manfred für sie einfing. Mit seiner starken Brille saß er dann vor der Scheibe und beobachtete genüsslich das Sterben der Vogelspinnenbeute. In seiner Freizeit suchte er verfallene Gebäude, alte Kanalisationsschächte oder feuchte

Keller auf, immer auf der Suche nach Spinnen zum Konservieren und lebenden Insekten für die Vogelspinne.

Eines Tages präsentierte er mir Vera, eine Tschechin, die kurz nach der Öffnung der Grenzen im Osten nach München gekommen war, um als Krankenschwester zu arbeiten. Sie war keine Schönheit, sehr füllig an den Hüften, mit auffallend gelben Zähnen und bis aufs Fleisch abgeknabberten Fingernägeln. Sie rauchte Kette, trank gerne und viel Sliwowitz und roch penetrant nach einem unguten Gemisch aus Schweiß, Zigaretten, Alkohol und Kaffee. Aber mir war das egal. Ich war so froh, Manfred jetzt mit einer Frau zusammen zu wissen. Sie zogen wenige Monate später in eine gemeinsame Wohnung und schenkten mir schnell hintereinander zwei Enkel, Vanessa und Jan.

Ich sah die Enkel heranwachsen, bereitete ihnen die Zuckertüten zur Einschulung vor und betreute sie ab und zu, wenn Manfred bei der Bahn und Vera im Krankenhaus Dienst hatten. Aber Manfred achtete sehr darauf, dass sie mich nicht zu oft sahen.

»Misch dich nicht so in unsere Erziehung«, sagte er mir eines Tages. »Die Verantwortung für die Kinder trage ich.«

Damals hätte mir schon auffallen müssen, dass er Vera gar nicht erwähnte. Hätte, hätte, hätte … Als Vanessa und Jan in die Schule gingen, hat er mir den Umgang immer mehr entzogen. Er begründete es damit, ich hätte einmal ohne sein Wissen die Kinder von der Schule abgeholt. Er hätte ihnen beigebracht, den Weg alleine zu finden. Durch mich sei das torpediert worden, indem ich sie einfach so begleitet hätte. Tatsächlich war ich damals bei einem Arzt in der Nähe gewesen und hatte mich spontan entschieden, bei der Schule vorbeizuschauen. Zufällig hatte Jan gerade Schluss, und wir haben noch eine Stunde auf Vanessa gewartet und sind dann alle drei gemeinsam nach Hause gefahren. Manfred war zu Hause und tobte, als er mich sah.

»Bis Weihnachten will ich dich hier nicht mehr sehen!«, brüllte er mich vor den weinenden Kindern an. Seitdem entfremdete er mir die Kinder immer mehr, ich verlor fast ganz den Kontakt.

Irgendwann kam bei Vera ein Vaclav ins Spiel. Er war einer ihrer Jugendfreunde, und sie traf sich mit ihm im Café Mozart am Sendlinger Tor, um alte Erinnerungen auszutauschen. So jedenfalls behauptete es Manfred, als ich zu ihm in die Wohnung kam und Vera nicht da war. In der Zeit danach haben weder Manfred noch Vera bei den wenigen Gelegenheiten, bei denen ich sie sah, von diesem Vaclav gesprochen. Ich bin auch noch nicht argwöhnisch geworden, als ich in der Abendzeitung vom mysteriösen Tod eines Vaclav R. las. Vaclavs gab es viele, was sollte das mit dem Vaclav zu tun haben, den Vera getroffen hatte?

Wenige Tage später klingelte es frühmorgens bei mir. Vor der Tür standen zwei Polizeibeamte, die um Einlass baten. Merkwürdigerweise habe ich mir eingeprägt, dass der eine der beiden Beamten rötliche Haare hatte und mich unsicher anlächelte.

»Sind Sie die Mutter von Manfred Brunnbauer?«

Dann wollten sie meinen Ausweis sehen, um auf Nummer sicher zu gehen.

»Frau Brunnbauer, wir haben eine schlimme Nachricht für Sie. Ihr Sohn hat sich heute Morgen auf der Polizeiinspektion gestellt. Er ist dringend tatverdächtig, seine Frau Vera und die Kinder Vanessa und Jan ermordet zu haben.«

An den Augenblick damals kann ich mich noch genau erinnern. Mir war es, als ob ich irgendwie wegrutschte, der Boden unter meinen Füßen war eine glitschige Bahn, ich sah die Welt wie aus der sich drehenden Trommel einer Waschmaschine und erwachte auf meinem Sofa mit hochgelegten Füßen. Ein Notarzt stand neben mir, fühlte den Puls und forderte mich auf, seinem Finger zu folgen, den er vor meinen Augen hin und her bewegte.

Meine Welt lag damals in Trümmern, ich war körperlich und psychisch völlig zerstört. Und jetzt tut es wieder weh, wenn ich davon erzähle. Es dauerte Tage, bis ich einigermaßen realisiert hatte, was passiert war. Und so ganz begreifen kann ich es bis heute nicht.

Die Fakten, die die Polizei aus den Spuren sowie den Verhören mit Manfred herausfand, sahen so aus: Vaclav und Vera begegneten sich nicht nur das eine Mal, um Erinnerungen auszutauschen. Sie waren in ständigem Kontakt und trafen sich jede Woche. Vera und Vaclav waren ein Liebespaar. Manfred muss ihnen auf die Spur gekommen sein. Erst tötete er diesen Vaclav, dann stellte er Vera zur Rede, die ihm ihr Verhältnis mit Vaclav beichtete. In Manfred wuchs ein unbändiger Hass, der zu seiner Gewalttat führte.

Vera war fremdgegangen, nicht nur, weil sie sich einfach so in einen anderen Mann verliebt hatte. Nachdem Manfred zu einer lebenslangen Strafe verurteilt war und im Gefängnis saß, meldete sich Ute bei mir. Sie war eine Kollegin von Vera im Klinikum Großhadern. Wir trafen uns in einem Café. Dort erzählte *sie mir, wie Manfred Vera behandelt hatte. Kaum war die Ehe geschlossen, begann er sie zu demütigen und auch körperlich zu misshandeln. Ute zeigte mir Fotos von Vera, mit blau geschlagenen Augen, üblen Quetschungen an Armen und Beinen, Würgemalen am Hals. Mit Make-up, Krankschreibungen und angeblichen Urlauben bei ihren Verwandten in Prag gelang es Vera, diese Misshandlungen mühselig zu verbergen, gegenüber den Vorgesetzten und auch mir. Manfred ist impulsiv, cholerisch und hat wohl auch so etwas wie eine sadistische Ader. Einmal hat er die Vogelspinne der schlafenden Vera auf den nackten Bauch gesetzt und sie dann geweckt. Nur Ute gegenüber offenbarte sich Vera und dokumentierte alle diese Taten Manfreds, um ihn eines Tages zur Rechenschaft zu ziehen. Allein aus Angst vor ihm und seinen Ausbrüchen, wenn sie sich von ihm trennen würde, hielt sie die Beziehung aufrecht. Sie mied jegliche körperliche Nähe zu Manfred, was diesen noch gereizter machte. Sie trank immer mehr harten Alkohol. Sie wollte ihre Probleme damit ertränken und schuf nur neue. Als Vaclav sich meldete, war das für sie ein Wink des Schicksals. Ja, er war auch ihr Geliebter. Er war aber auch und noch viel mehr ihr Berater und schmiedete Pläne mit ihr, wie sie der Hölle mit meinem Sohn entrinnen könnte.*

Manfred war für Vera die Hölle. Aber noch viel mehr war er das für Vanessa und Jan. Auch hier wusste Ute Schlimmes zu berichten. Die Kinder litten ebenfalls unter der körperlichen Gewalt Manfreds. Mindestens genauso schlimm war die seelische Not, die er ihnen mit seiner Kälte bereitete. Indem er mich von ihnen fernhielt, verhinderte er auch, dass ich etwas von dieser Not erfuhr.

Trotzdem ist nicht geklärt, warum er die Kinder umgebracht hat. Die Polizei rekonstruierte das Tatgeschehen nur ungefähr. Demnach hat er erst die Kinder mit ihren Kopfkissen erstickt. Danach hat er offensichtlich Vera mit den toten Kindern konfrontiert. Als Manfred in Untersuchungshaft saß, habe ich ihn besucht. Ich war überrascht, dass er dazu bereit war. Er saß vor mir. Seine Augen waren leer, schauten in irgendeine unklare Ferne.

»Manfred, was hast du nur getan?«, fragte ich ihn. Aber er blieb fast die ganze Zeit über stumm. Nur als ich ihn fragte, ob ich etwas für ihn tun könne, bat er mich, die Vogelspinne weiter zu versorgen. Ich verschwieg ihm, dass sie schon lange tot war.

Die schlimmen Morde Manfreds sind jetzt dreizehn Jahre her. Er sitzt weiter in Haft und wird wohl nicht mehr rauskommen, weil er keine Reue zeigt und sich auch im Gefängnis nicht gut verhält.

Unmittelbar nachdem ich von den schlimmen Taten Manfreds erfahren habe, war ich voller Selbstvorwürfe. Er war mein Kind, und wenn ein Kind so gewalttätig ist, dann habe ich als Erzieherin versagt. Ich bin schuld, habe ich mir jeden Tag tausendmal gesagt. Und auf der anderen Seite habe ich trotz all dem Schlimmen, das ich über Manfred erfahren habe, mir immer wieder gesagt: Weil er dein Kind ist, musst du ihn lieben; denn er wäre nicht so geworden, wenn du nicht versagt hättest.

Ja, über diesen Selbstvorwürfen bin ich fast wahnsinnig geworden. Wenn da nicht jene Begegnung mit einem Senner gewesen wäre. Bei einer Wanderung mit einer Freundin *zwei Jahre nach den Ereignissen – ich war jetzt gerade Rentnerin – bin ich ihm in den Südtiroler Bergen begegnet. Der Senner führte ein karges Dasein und lebte mit der Natur. Weit weg von den Problemen in der Zivilisation. Sigi hieß er. Auf mich wirkte er mit seinen wenigen Worten charismatisch. Er servierte uns Käse und noch warme Milch und setzte sich dann zu mir, während meine Freundin noch einen kleinen Gipfel in der Nähe erklomm.*

Ich weiß nicht, wieso, aber der Senner schaffte es, dass ich mich ihm öffnete und ihm erzählte, was passiert war. Zum Schluss erzählte ich ihm von meinen Schuldgefühlen. Auch von dem Problem, meinen Sohn nach allem, was passiert war, noch zu lieben. Sigi blieb lange still. Dann zog er an seiner Birnenholzpfeife.

»Jeder Mensch, kleine Kinder ausgenommen, ist für sich selbst verantwortlich und muss selbst sein Schuldpaket tragen. Dafür sind nicht mehr andere verantwortlich, und seien es die eigenen Eltern.«

Wieder zog er an der Pfeife.

»Ja, und die Liebe hat da ihre Grenzen, wo sie permanent nicht erwidert wird.«

Wenn es Sätze aus Gold gibt, dann waren es diese des Senners Sigi für mich. Das Gefühl von Schuld befiel mich zwar weiterhin, aber seitdem sage ich mir immer wieder: Jeder ist für sein Leben selbst verantwortlich. Auch mein Sohn. Ich habe bei seiner Erziehung mein Bestes gegeben.

Fragt man mich heute, ob ich meinen Sohn noch liebe, der mir so vieles angetan hat, dann wüsste ich nicht, was ich antworte. Im Zweifelsfall aber käme ein vorsichtiges Ja.

KAPITEL 13

»Fragen Sie sich nicht manchmal, warum die Welt so ungerecht ist? Ich meine, angesichts all dessen, was Sie an Demütigungen durch Ihren Sohn erfahren haben.«

Frau Brunnbauer seufzt.

»Nein, junge Frau, ehrlich gesagt nicht. Ich kann's doch sowieso nicht ändern. Mein Schicksal ist halt so vorherbestimmt. Jedenfalls danke, dass ich Ihnen das heute alles erzählen durfte. Wenn man einem anderen gegenüber schwere und belastende Dinge aussprechen kann, sind sie nicht mehr ganz so schlimm. Ist ein schönes Geburtstagsgeschenk, das Gespräch mit Ihnen eben. Noch schöner als Ihre Pralinen und die Rose. Die sind allerdings auch wunderbar.«

Frau Brunnbauer hat die ganze Zeit allein erzählt. Jetzt bedankt sie sich für das Gespräch, obwohl ich nur stumm dagesessen habe. Offenbar ist es so: Wer einem anderen Menschen sein Herz ausschüttet, führt eigentlich ein Gespräch mit sich selbst, mit der eigenen, nicht vollständig verarbeiteten Vergangenheit. Solche Gespräche, so einseitig sie geführt werden, haben für die erzählende Person etwas Befreiendes, Lösendes, Beglückendes.

»Besuchen Sie Ihren Sohn manchmal?«

»Selten, er sitzt in Straubing im Gefängnis. Wenn ich bei ihm bin, schweigt er fast nur. Ich erreiche ihn nicht.«

Frau Brunnbauers Sohn hat sich verkapselt, isoliert, lebt in seiner eigenen trüben Welt.

Das kenne ich, geht mir auf dem Nachhauseweg durch den Kopf, diese Selbstisolierung. Nur dass ich kein schuldiger Mehrfachmörder, sondern eine unschuldig erblindete Achtzehnjährige bin.

Halt! »Unschuldig erblindet«, habe ich eben gedacht. Ich denke an Frau Brunnbauers Erzählung: *Jeder Mensch ist für sich selbst verantwortlich! Jeder muss selbst sein Schuldpaket tragen!*

Was bedeutet das für mich?

Ja, ich habe auch Schuld daran, dass ich erblindet bin. Der fehlende Gurt. Aber wer sagt, dass ich noch sehen würde, wenn ich angeschnallt gewesen wäre? Vielleicht wäre ich dann ein Pflegefall, im Koma liegend, an Schläuche gefesselt. Niemand kann sagen, was gewesen wäre, wenn.

Schuld haben aber vor allem dieser Luis, der die Badehose geworfen hat, und Robert, der am Steuer saß. Schuld hat auch Julia, sie hätte mich vorne sitzen lassen können und nicht mit diesen beiden mir fremden Jungs hinten.

WAS BRINGT DIESES NACHDENKEN ÜBER SCHULD?

Die Antwort ist mir jetzt klarer: nichts. Oder nur wenig. Mein Anteil an Schuld ist mir klar. Aber was mir wichtig ist zu wissen: Jede und jeder an diesem Unfall Beteiligte hat seine Schuld zu tragen. Wenn es andere leichter nehmen mit ihrer Schuld – hallo, Robert, du hast dich seit dem Unfall nur ein einziges Mal zu mir getraut, Traumfahrer –, dann liegt das in ihrer Verantwortung.

Mir fällt wieder der Satz meiner Mutter ein: Wir haben uns beide aneinander schuldig gemacht, hat sie angesichts der auseinandergehenden Ehe mit meinem Vater gesagt. Diese Einstellung finde ich bemerkenswert. Immerhin hat sie ihren Ehemann mit einer anderen erwischt. Aber sie scheint auch um eigene Fehler zu wissen. Schuld nennt sie es. Überall herrscht Schuld. Robert ist schuld am Unfall. Luis ist schuld am Unfall. Ich bin schuld an meiner Erblindung. Die Schwarze Wand ist schuld am Unfall. Mein Vater ist schuld am Scheitern der Ehe, weil er eine neue Freundin hat. Meine Mutter ist schuld am Scheitern der Ehe, weil sie Timo nicht geheiratet hat. Timo ist schuld am Scheitern der Ehe meiner Eltern, weil er meine Mutter kannte und sie ihm immer im Stillen nachgetrauert hat. Ich bin schuld am Scheitern der Ehe meiner Eltern, weil ich schuld an meiner Erblindung bin. Die neue Freundin meines Vaters ist schuld am Scheitern seiner Ehe, weil sie seine neue Freundin ist.

Ein Reigen der Schuld, der sich endlos fortsetzen lässt. Doch ist die Schuldfrage so wichtig, wie es scheint?

Ist es nicht wichtiger, Schuld Schuld sein zu lassen und nach vorne zu schauen? Ist es überhaupt zu vermeiden, dass wir schuldig werden?

Schuld. Schuld. Schuld. Schuld. Schuld. Schuld. Schuld. Schuld. Schuld. Schuld. Schuld. Schuld. Schuld. Schuld.

Ich bin mittlerweile in meinem Zimmer angelangt und tippe das Wort Dutzende Male in den Computer und lasse es die automatisierte Stimme sprechen.

Noch eine andere Frage, die ich mir ständig stelle, kann ich nach Frau Brunnbauers Erzählung etwas klarer beantworten. *Muss man einen Menschen lieben, nur weil er ein nächster Verwandter ist?* Konkret frage ich mich das im Hinblick auf meinen Vater. Er hat meine Mutter, er hat Lennart, er hat mich im Stich gelassen. Aber auch nicht völlig, immerhin sorgt er finanziell für uns. Vor allem aber hat er niemanden ermordet. Wenn ich es positiv für meinen Vater sehe, für sein Verhalten also eine Erklärung finden will, komme ich zu dem Schluss, dass er vielleicht in einer Lebenskrise steckt. Die Krise ist so stark, dass er nicht mehr die Kraft hat, uns drei emotional mit zu versorgen. Er braucht selbst jemanden, der ihn stabilisiert. Deswegen die Affäre. Ich will meinem Vater den Weg offenlassen, wenigstens mit mir wieder ein besseres Verhältnis hinzubekommen.

Er ist immer seltener bei uns im Haus, immer häufiger bei der Freundin. Neben der räumlichen Distanz gibt es auch eine in den alltäglichen Dingen. Aber wenn er mal da ist, führen wir gute Gespräche und vielleicht, so hoffe ich, wächst langsam, aber kontinuierlich eine emotionale Nähe zu ihm, wie ich sie vorher wohl nur als kleines Kind hatte.

Sagt man nicht: Blut ist dicker als Wasser? Ich glaube schon, dass es verwandtschaftliche Bande gibt, die nicht so schnell reißen wie rein freundschaftliche. Aber auch mit den engsten Verwandten kann es so weit kommen, dass man die Bindung verliert, wenn sie allzu sehr strapaziert wird. Dann wird einem der, der einen so oft und immer wieder enttäuscht hat, irgendwann gleichgültig. Wenn es nicht sogar in Hass umschlägt. Frau Brunnbauers Lebensgeschichte zeigt, wie gefährdet die Liebe in diesem Fall zum Sohn sein kann, auch wenn sie trotz allem noch einen Rest Liebe für ihn hat. Das empfinde ich fast als Wunder.

Ich höre mir die Aufzeichnung von Frau Brunnbauers Lebensgeschichte noch einmal an. Ich bin zur Frage der Schuld gelangt, die mir wichtig ist. Ich spüre, dass dort der Schlüssel liegt, um mein Schicksal anzunehmen. Ich kann nicht ein Leben lang die Schuldfrage stellen. Irgendwann muss ich damit abschließen. Wer mit seinen Gedanken nur in der Vergangenheit verharrt, vergisst das Leben im Hier und Jetzt und kann keine Zukunft planen.

Die Frage der Schuld ist wichtig. Ich bin froh, sie dank Frau Brunnbauers Erzählung für mich gut geklärt zu haben. Aber sie gehört nicht zu meinen drei Grundfragen. Soll ich den Fragenkanon erweitern? Nein, wenn ich damit anfange, habe ich bald wieder tausend Fragen und verliere mich darin. Ich habe mir drei Fragen vorgenommen, die ich bis Frühlingsanfang beantwortet haben möchte. Komme ich durch Frau Brunnbauer in diesen Fragen weiter?

Warum ist die Welt so ungerecht?

Frau Brunnbauer könnte die Frage ebenso stellen. Tut sie aber nicht. Sie schreibt das einem undefinierten und vorherbestimmten »Schicksal« zu, das man sowieso nicht beeinflussen kann. Hilft mir diese Sicht? Ich weiß es nicht.

Woher bekomme ich nach einem sehr schweren Schlag wieder Mut zum Leben?

Frau Brunnbauer ist mit einer Freundin nach Südtirol zum Wandern gegangen. Die Begegnung mit dem Senner war für sie auch »Schicksal«.

Ich lerne: Man muss sich in die Natur und unter Leute begeben, von seinem Leiden erzählen. Geteiltes Leid ist halbes Leid. Das stimmt wohl. Aber noch mehr gilt: Wenn du auf andere hörst, gibt's auch mal Sätze aus Gold.

Gibt es das Unsichtbare hinter den sichtbaren Dingen?

Wenn selbst Frau Brunnbauer ihren Sohn noch liebt, dann ist Liebe eine starke, unerklärliche Macht, etwas, das man nicht sieht, so wie die Luft, ohne die wir trotzdem nicht leben können. Ich nenne das den *Spirit of love*.

Heiligabend. Vormittags. Lennart und meine Mutter schmücken den Baum. Mein Vater ist noch in der Stadt unterwegs, will aber spätestens zum Mittagessen bei uns sein. In der Ruhe meines Zimmers schreibe ich die Lebensgeschichte von Frau Brunnbauer in meinen Computer. Immer wieder höre ich die Aufnahme der Erzählung auf meinem Smartphone ab, um das herauszufiltern, was ich mir merken will.

Fünf Sätze halte ich mir schließlich als Lehren fest und schreibe sie unter das Gespräch:

1. *Denke nicht immerzu über Schuld, die Ungerechtigkeit der Welt und das Schicksal nach.*
2. *Lass jeden und jede für sich selbst verantwortlich sein und sein/ihr eigenes Schuldpaket tragen.*
3. *Verlass dich auf die Liebe deiner Allernächsten.*
4. *Begib dich in die Natur und unter Leute.*
5. *Höre charismatischen Menschen genau zu, wenn du Sätze aus Gold finden willst.*

Am Mittag sind wir alle vier in der Küche vereint. Weihnachten, das Fest der Familie. Dieses Jahr ist alles anders. Das alte Weihnachten wird es nie mehr geben. Wegen meines Vaters, wegen seines Abflugs um zweiundzwanzig Uhr, wegen der Schwarzen Wand. Ich rieche den Duft der gebratenen Ente, die Vanille der frisch gebackenen Plätzchen, das nussige Aroma des Glühweins, von dem sich mein Vater und meine Mutter ein Glas gönnen. Ich glaube, sie trinken sich Mut an, um dieses Weihnachten zu überstehen. Auch ich schmecke das warme Getränk, nippe bedächtig daran. Ich höre das Rascheln von Papier, mit dem Geschenke verpackt werden, den Staubsauger, der die beim Aufstellen des Weihnachtsbaums gefallenen Nadeln im Wohnzimmer beseitigt. Ich taste die Lebkuchen aus Nürnberg mit dem Mandelkern in der Mitte ab, die uns die Großeltern aus einer Tradition heraus von dort jedes Jahr schicken.

Ich verbiete mir schlechte Laune, weil ich zwar rieche, schmecke, höre, taste, aber ein anderer Sinn für immer verloren ist. Das erste Weihnachten, an dem ich den Weihnachtsbaum nicht sehe. *Na und,* sage ich trotzig zu meinem inneren Stimmungskiller. Auch ich habe mit Lennarts und Sonjas Hilfe ein paar kleine Geschenke organisiert und sie sogar selbst eingepackt. Ob das Papier krumm und schief an dem Marzipan für meinen Vater, den Handschuhen für meine Mutter und der Powerbank für Lennarts Handy hängt – sie werden es mir verzeihen.

Am Nachmittag gehen wir wie jedes Jahr zur evangelischen Kirche in unserem Viertel, gleich neben meinem Altenheim (habe ich gerade »meinem« geschrieben?), wo es seit zwanzig Jahren an Heiligabend ein Krippenspiel im Freien mit einem lebendigen Baby als Jesuskind, großem Lagerfeuer und echten Tieren gibt. Dieses Jahr sehe ich weder die Hirten, die Könige noch die Tiere und das Baby. Trotzdem spüre ich eine eigenartige, nicht unangenehme, fast mystische Stimmung. Ich bin mir aber nicht sicher, ob »mystisch« das richtige Wort ist. Das Feuer prasselt, und ich stelle mir den riesigen Berg aus Holzscheiten und Ästen vor, der Funken sprühend über zwei Stunden hinweg niederbrennt.

Nach dem Gottesdienst kehren wir in unser Haus zurück, nehmen am Esstisch Platz und essen die Ente. Meine Mutter hat mir Stücke zurechtgeschnitten, damit ich mir nicht so schwer damit tue. So hat sie es vor sechzehn, siebzehn Jahren auch getan, denke ich mir. Ich bin, was das Essen betrifft, auf dem Stand eines Kleinkinds. Hier habe ich mit Sonja noch die wenigsten Fortschritte gemacht. Aber Essen schneiden, zerteilen – tu das mal, wenn du nichts siehst!

Nach dem Essen legt mein Vater wie jedes Jahr das Weihnachtsoratorium von Johann Sebastian Bach auf, während Lennart beim Abräumen des Tischs hilft. Die Stimmung ist gedämpfter als früher. Ich merke das an dem nervösen Lachen an Stellen, die eigentlich gar nicht lustig sind. Man will sich entspannt zeigen, ist aber das Gegenteil. Lennart bekommt ein Smartphone und einen Vertrag dazu, das bringt ihn in Ekstase. Ich freue mich mit ihm. Auch meine Eltern machen sich kleine Präsente, ihre jeweilige Freude wirkt bemüht.

»Tja, Selma, und für dich haben wir etwas, was wir nicht hier haben«, verkündet mein Vater, und ich fühle mich nicht ganz wohl bei seinem Tonfall. »Erst einmal die kleinen Geschenke.«

Ich bekomme wieder Parfüm, mittlerweile habe ich so viel, dass ich sämtliche Pariserinnen damit eindufte könnte. Aber ich verurteile das nicht. Die Absicht dahinter ist immer gut. Wer nichts sieht, hat einen besseren Geruchssinn als andere, so der Gedanke. Wenn ein Sinn ausfällt, schärfen sich die anderen. Aber man parfümiert sich ja nicht, um sich selbst lieber zu riechen, sondern für andere. Welche anderen aber soll ich mit meinem Parfüm beeindrucken? Jungs etwa? Welche?

Doch da war ja noch das in Aussicht gestellte große Geschenk.

»Also, Selma«, hebt mein Vater wieder an und erzählt mir von einem gemeinsam mit Sonja ausgeheckten Plan. Ich erfahre, dass Sonja einen Bekannten hat, der eine Hundeschule betreibt.

»Unter anderem bildet er Führhunde für Blinde aus«, sagt mein Vater, und mein Unbehagen steigt. »Nicht dass du das falsch verstehst, wir haben das noch nicht festgeklopft. Natürlich würden wir das nur mit deinem Einverständnis machen.«

»Was, Papa, habt ihr noch nicht festgeklopft?«, hake ich nach, weil ich merke, wie es ihm schwerfällt, auf den Punkt zu kommen.

»Selma«, schaltet sich jetzt meine Mutter ein. Im Hintergrund höre ich Töne, die ich Lennarts neuem Handy zuordne. Im Kamin im Wohnzimmer, das sich ohne Trennwand an den Speiseraum anschließt, knistert das Holz. »Sonja hat das mal so angesprochen. Dass ein Führhund für dich eine gute Unterstützung sein könnte. Sie war da ganz zurückhaltend. Nicht dass der Eindruck entsteht, sie wolle uns so einen Hund aufschwatzen. Aber du warst ja schon immer tierlieb …«

»Denk mal an deine Hamster«, übernimmt mein Vater wieder. »Und Schmusi, die Katze, wie du die geliebt hast. Und eben beim Krippenspiel, da hattest du zu dem Schäferhund, der da bei den Hirten war, gleich so ein gutes Verhältnis ...«

»Sonja ist nicht das Problem«, sage ich mechanisch.

»Nein?«, sagen meine Eltern jetzt fast gleichzeitig.

»Nein, wenn Sonja meint, mir könne ein Führhund helfen, dann wird das schon so sein. Das Problem ist ein anderes.«

In mir steigen Gedanken hoch, die ich nicht haben will. Ich kämpfe gegen sie an, aber sie sind stärker. Ich sage etwas, was ich nicht sagen will. Wieder einmal.

»Ich will keinen Hund!« Meine Stimme kippt, ich schlage mit der Faust um mich. »Weil ihr dann sagt, jetzt hat sie ihren Hund, jetzt ist sie glücklich, und alles ist gut. Weil das dann auch alle anderen denken. Das Selmilein hat jetzt seinen Hund, und deswegen geht es ihr gut. DAS WILL ICH NICHT!«

Schon länger habe ich nicht mehr diesen hysterischen Ton an mir gehabt, ja, ich habe sogar geglaubt, ihn überwunden zu haben. Jetzt aber hat er die Oberhand. Ich brülle, weine, stapfe in Richtung Treppe, obwohl ich spüre, wie sehr ich meine Eltern gerade enttäusche. Aber sie enttäuschen mich ja auch. Um zweiundzwanzig Uhr wird mein Vater gehen. Seit vier Stunden lasse ich mir leise immer wieder vom Smartphone die Uhrzeit sagen, um zu wissen, wann es so weit ist.

Die Wut darüber und über dieses erste Weihnachten als Blinde brechen sich jetzt Bahn, ohne Rücksicht auf andere. Ich liege heulend auf meinem Bett und weiß zugleich, wie egoistisch ich gerade bin.

Meine Mutter kommt und streichelt mir übers Haar, immer wieder.

»Entschuldige, Mama«, bringe ich gerade so hervor und wische mir die Augen mit einem Taschentuch ab. »Ihr meint es sicherlich gut. Lass mir ein bisschen Zeit. Ich will mir das mit dem Hund überlegen.«

»Natürlich«, sagt meine Mutter, und an der Zimmertür höre ich meinen Vater husten.

»Normalerweise bekommt man einen Führhund auch nicht einfach mal so als Weihnachtsgeschenk«, erklärt er. »Aber Sonjas Bekannter hat einen ausgebildeten Blindenhund vor zwei Wochen zurückbekommen, weil seine bisherige Besitzerin eine Vollzeitstelle bekommen hat.«

»Als Blinde?«, horche ich auf.

»Ja, sie hat eine Ausbildung als medizinische Tastuntersucherin gemacht.«

»Davon habe ich gehört«, sage ich einsilbig. »Sie nehmen die Tastuntersuchung bei der Frauen-Krebsvorsorge vor, um eventuelle Knoten in der Brust zu entdecken.«

»Genau. Und weil sie jetzt eine volle Stelle hat, ist es mit dem Hund schwierig geworden. In der Praxis gibt es keinen Platz für ihn, und alleine zu Hause kann sie ihn auch nicht lassen. Deswegen hat sie ihn an Sonjas Bekannten zurückgegeben.«

Wir reden noch eine Weile über das Pro und Contra eines solchen Führhundes.

»Ich muss jetzt los«, sagt mein Vater und drückt mir einen Kuss auf die Wange.

Meine Mutter diskutiert mit mir weiter über den Hund. Wir haben ein Thema, mit dem wir uns ablenken und dem so lange befürchteten Abschied meines Vaters an Heiligabend und der damit verbundenen Melancholie nicht die Oberhand lassen.

Am ersten Feiertag fährt meine Mutter mit Lennart und mir zu ihren Eltern nach Nürnberg. Obwohl sie uns schon ein Päckchen nach München geschickt haben, gibt es nochmals Geschenke. Meine Großeltern sind feinfühlig, sie fragen nicht, wo ihr Schwiegersohn ist und was er macht. Wahrscheinlich hat ihnen das ihre Tochter schon alles am Telefon erzählt.

Am nächsten Morgen fahren wir nach München zurück. Ich staune nicht schlecht über den mir gegenüber geheim gehaltenen Besuch, der sich in unserem Haus am Abend einstellt und den meine Mutter eingefädelt hat: Gero (meine Mutter muss seine Nummer gespeichert haben, als er mich mal auf dem Festnetz angerufen hat) und seine Freundin Bekki und zudem Julia und Robert. Die beiden Pärchen freunden sich schnell miteinander an. Es gibt Glühwein, und wir lachen richtig viel. ICH BIN EIN BISSCHEN GLÜCKLICH, gestehe ich mir in diesen Augenblicken ein, und es fällt mir nicht schwer, das zu tun. Vor allem als sowohl Gero und Bekki auf der einen Seite als auch Julia und Robert auf der anderen mich zu einem gemeinsamen Urlaub einladen und ein richtiger Wettkampf zwischen den beiden Seiten entsteht, wer das bessere Urlaubsziel und die bessere Unterhaltung bietet.

»Wir treffen uns an Silvester früh«, sagt Gero beim Abschied.

»Silvester?« Mir ist der Glühwein etwas zu Kopf gestiegen.

»Ja, Herr Theisen erwartet dich.«

»Ach ja, stimmt«, fällt es mir wieder ein. Gero hatte den Namen schon einmal genannt.

»Er freut sich schon sehr auf dich.«

Als ich abends im Bett liege, läuft das ganze Weihnachtsfest wie ein Film in meinem Kopf ab. Bei der Frage nach dem Führhund bleibe ich hängen. Wäge mal wieder ab: Vielleicht, vielleicht nicht, wir werden sehen. Mein Herz sagt Ja, aber der Kopf kennt noch zu viele Bedenken.

Herz oder Kopf, was zählt mehr? Mir fällt ein Song der Sportfreunde Stiller ein, der meinen Gemütszustand gut wiedergibt:

»Tu nur das, was dein Herz dir sagt
Alles andere soll dich nicht stören
Doch mein Herz steckt im Kopf und mein Kopf steckt im Sand
Darum kann ich mein Herz nicht richtig hören.«

HERR THEISEN ERZÄHLT, WIE MAN SCHICKSALSSCHLÄGE ABFEDERT

Ich bin 1935 in Garmisch-Partenkirchen geboren. Als ich sieben Jahre alt war, bekamen meine Mutter, meine zwei Brüder und ich die Nachricht, dass unser Vater im Krieg gefallen ist. Als ich vierzehn war, ist dann unsere Mutter an einem Herzinfarkt gestorben und ließ uns drei Brüder als Waisenkinder zurück. Ich habe trotz dieser schwierigen Bedingungen den Abschluss einer höheren Schule geschafft. Da ich eine besondere Begabung für alles, was mit Zahlen zu tun hatte, besaß, konnte ich mithilfe eines Stipendiums in München Mathematik und Physik studieren. Mit zweiundzwanzig Jahren diagnostizierte man bei mir eine schwere Hirnhautentzündung. Man behandelte mich mit Penizillin, monatelang schwebte ich zwischen Leben und Tod. Mit siebenundzwanzig Jahren habe ich mein Studium beendet, zog aber bei der Bewerbung um eine Professur den Kürzeren. So begann ich bei Siemens als Mathematiker. Es dauerte, bis mein Gram wegen der gescheiterten akademischen Karriere verflog. Ich heiratete, wir bekamen Kinder, erwarben ein kleines Haus in Straßlach süd-

lich von München. Doch auf dem Haus lag kein Segen. Erst gab es einen Wasserrohrbruch, der die Erdgeschossräume flutete, und 1970 brannte das Haus nieder, weil der Fernseher implodiert war, als niemand zu Hause war. Meine Frau hatte ihre selbst gehäkelten Deckchen auf dem Fernseher drapiert, darauf wiederum einen Blumenstock, den sie vor dem Verlassen des Hauses begossen hatte, obwohl ich sie mehrfach darum gebeten hatte, das nicht zu tun. Das Wasser tropfte auf den Glaskolben des Röhrenfernsehers, der daraufhin platzte und die Deckchen in Brand setzte. Wir hatten uns wegen des Hauskaufs verschuldet, und auch wenn wir eine Teilversicherung hatten, standen wir vor großen finanziellen Problemen. In der Folgezeit musste ich zusätzlich zu meiner Arbeit bei Siemens an den Wochenenden bei einem Bauern in Straßlach aushelfen, um mir ein Zubrot zu verdienen. Anders hätten wir das damals finanziell nicht geschafft. Meine Frau ging putzen, was wiederum ihre Eltern nicht gut fanden und was zu heftigen Spannungen in der Familie führte. 1977 ließen wir uns scheiden.

Ich habe ab diesem Zeitpunkt in einer kleinen Mietwohnung in der Münchner Maxvorstadt gewohnt und nie wieder geheiratet. Damals, nach dem Scheidungstermin, habe ich mich in ein Café am Stachus gesetzt, mit einem weißen Blatt und einem Stift. Ich war zweiundvierzig Jahre alt und hatte schon viele Niederlagen und Schicksalsschläge erlebt. Wie gesagt, als Mathematiker waren mir Zahlen wichtig. Also schrieb ich die Jahre auf, in denen mein Leben große Einschnitte erfahren hatte. Und siehe da, mit den Zahlen hatte es eine ganz besondere Bewandtnis. Wenn man eine Toleranz von plus/minus einem Jahr gewährt, hat sich bei mir im Durchschnitt alle sieben Jahre etwas Einschneidendes und Schlimmes ereignet. Die Zahl Sieben hat eine hohe Symbolkraft.

Damals, in dem Café am Stachus, war ich von dieser Erkenntnis fasziniert. Ich bin in die nächstgelegene Buchhandlung und habe mir ein Buch über Zahlensymbolik gekauft. Was ich über die Zahl Sieben gelesen habe, war verblüffend. Es gibt viele Bezüge in der Astronomie, in der Tiefenpsychologie, in alten Kulturen. Was mich am meisten beeindruckte, war der Bericht von den Traumdeutungen des Josef im Alten Testament der Bibel. Der Pharao träumte von sieben fetten und sieben mageren Kühen. Josef deutete ihm das als sieben fette Jahre, also welche mit reicher Ernte, denen sieben magere folgen. Um in den sieben mageren nicht zu verhungern, war es notwendig, in den sieben fetten Jahren etwas von der Ernte für die Zeiten der Dürre zurückzulegen.

Mir wurde damals klar: Auch ich unterliege dieser Regel mit den sieben Jahren, wer auch immer sie in Gang setzt und die unsichtbaren Fäden zieht. Nur dass es bei mir nicht sieben magere und sieben fette Jahre gibt, sondern alle sieben Jahre kommt ein Tiefschlag, ein schlimmes Ereignis. Fortan benutzte ich das Wort »Schicksalsschlag« oder auch nur »Schlag« für das Schlimme, das mir alle sieben Jahre widerfuhr. Warum mich diese Schläge ereilten, blieb unklar. Irgend so was wie Schicksal gibt es, sagte ich mir, das wir nicht beeinflussen können. Wir wissen nichts Genaueres darüber. Aber wie sollte ich mit diesen regelmäßigen Schlägen umgehen?

Zwei Möglichkeiten kamen für mich infrage. Entweder ich bereitete mich alle fünf, sechs Jahre innerlich darauf vor, dass ein Schlag eintritt. Für diesen Fall baue ich alle mir zustehenden inneren Widerstandskräfte auf, sage mir, dass auch wieder bessere Zeiten kommen, und versuche, die schwere Zeit nur irgendwie durchzuhalten. Oder ich warte den Schlag ab und verbinde ihn schnellstmöglich mit etwas Positivem: mit der Erfüllung eines schon lange gehegten Wunschs, eines Traums, der den Schlag kompensiert. Ich federe den Schlag sozusagen ab und bin ihm nicht nur ausgeliefert, sondern tue aktiv etwas dagegen. Doch welche Träume könnten das sein, die die Schläge abfedern?

Spontan fiel mir im Café am Stachus ein Kindheitstraum ein: der Kauf und den Aufbau einer Märklin-Modelleisenbahnanlage. Da es mir gelungen war, etwas Geld zu sparen, kaufte ich mir wenige Tage später eine große Sperrholzplatte, Klappstützen, Wolle, Farbe, Styropor, zwei Lokomotiven, mehrere Güterzuganhänger, ein Handbuch und begann mit dem Aufbau der Anlage. Mehr als ein Jahr habe ich daran getüftelt und gebosselt. Was war das für ein Glück! Immer wenn ich an die schmerzvolle Scheidung dachte, begab ich mich zur Modelleisenbahn und ließ den Schnellzug heranfahren und beobachtete fasziniert, wie sich die Straßenschranke von alleine schloss.

Ich habe mich also für die zweite Variante entschieden: Mir nach jedem Schlag einen Traum zu erfüllen.

Bis heute hat sich die Sieben-Jahre-Regel bei mir fortgesetzt. Der Verlust meines Arbeitsplatzes wegen Rationalisierungen und die damit verbundene Umschulung mit fünfzig Jahren (also plus ein Jahr zu der strengen Siebener-Serie), ein Bandscheibenvorfall mit fünfundfünfzig (minus ein Jahr), der ein chronisches Leiden eröffnete, der Sturz von der U-Bahn-Rolltreppe mit siebzig, der mir meine Selbstständigkeit raubte und mich hier in dieses Heim gebracht hat. Nur mit dreiundsechzig habe ich kein schlimmes Ereignis zu verzeichnen, sieht man mal von meinem Eintritt in den Ruhestand mit vierundsechzig ab, den ich mit gemischten Gefühlen beging. Wie mit mir selbst vereinbart, habe ich jedes Mal versucht, mir nach dem jeweiligen Schlag einen großen Wunsch zu erfüllen. Nach dem schlimmen Bandscheibenvorfall dauerte es zwei Jahre, bis ich einen weiteren lang gehegten Traum verwirklicht habe: die Reise nach New York inklusive des Besuches der Aussichtsplattform des Empire State Building.

Jetzt bin ich vierundachtzig Jahre alt. Die Zahl ist durch sieben Jahre teilbar. Also steht wieder etwas an, etwas Schlimmes. Vielleicht sterbe ich bald. Dann kann ich mir keinen Traum mehr erfüllen. Aber das brauche ich dann auch nicht mehr. Dann bin ich weg, tot, vergessen. Sollte ich weiterleben, ist es auch schwierig. Ich habe keine konkreten Wünsche mehr, außer dass ich nicht dement werden und nur noch vor mich hin vegetieren will. Was ich mir außerdem noch wünsche, ist ein schneller und schmerzfreier Tod. Der Tod ist zwar schlimm, aber wenn er schnell und schmerzfrei geschieht, ist er auch eine Erlösung und die Erfüllung eines Traums. Dann wird alles rund, logisch, sinnvoll. Schicksalsschlag und erfüllter Traum fallen zusammen.

KAPITEL 14

»Glauben Sie, dass die Sieben-Jahre-Regel auch bei anderen Menschen zutrifft?«, frage ich Herrn Theisen.

»Das muss jeder Mensch selbst überprüfen und dann entscheiden, ob er das so sieht. Mir hat dieser Glaube geholfen. Aber vielleicht ist das auch nur eine Spinnerei. Eigentlich geht es um etwas anderes.«

»Um was?«, frage ich gespannt.

»Ohne die Schläge hätte ich mir vielleicht nie die Träume erfüllt.«

»Die Schicksalsschläge waren der Anstoß.«

»Ja, sie waren eine Art Vehikel, das ich gebraucht habe, um mir die Erfüllung der Träume zu gönnen.«

»Träume, die aber nicht so leicht zu erfüllen waren«, sage ich. »Auf das Empire State Building mit Bandscheibenproblemen, das stelle ich mir schwierig vor.«

»War es auch, Selma, ich musste da viel Hilfe organisieren. Die Lehre, die ich daraus gezogen habe, lautet:

Wenn man sich Träume erfüllen will, muss man oft hart daran arbeiten.«

Herr Theisen trinkt etwas, und ich habe das Gefühl, das Gespräch ist jetzt zu Ende. Doch dann räuspert er sich und fährt fort.

»Aber wenn man es geschafft hat, wenn man sich mit vielen Mühen in einer schwierigen Lebenslage endlich einen lang gehegten Traum erfüllt hat, bekommt das Leben eine ganz große Tiefe. Man kann auch sagen: Dann weiß man, was Glück ist.«

Zu Hause treffe ich gerade noch meinen Vater an, der wegen einiger Behördenpapiere zu uns gekommen ist. Er wird bald mit seiner Freundin in eine gemeinsame Wohnung ziehen, hat er fast beiläufig dieser Tage zu mir gesagt. Silvester wird er nicht mit uns verbringen. Aber das ist mir fast schon egal. Weihnachten empfand ich noch schlimm, doch jetzt habe ich andere Gedanken im Kopf. Julia und Robert haben mich auf eine Party eingeladen. Aber ich will meine Mutter und Lennart nicht alleine lassen. Und ehrlich gesagt, habe ich auch keine Lust auf die Party. Die anderen Gäste sind alle von meiner früheren Schule. Vor einigen Wochen war ich schon mal auf einer Geburtstagsparty mit ihnen zusammen. Sie haben den ganzen Abend davon erzählt, was sie alles für Pläne und Träume haben. Mir hat das nicht gefallen. Nicht, weil mich die Träume der anderen herunterziehen, da ich selbst meine Träume von vor einem halben Jahr fast alle abgeschrieben habe. Mehr noch stört mich, dass sie sich alle für ihre Pläne von den anderen bewundern lassen und sie dann doch nicht umsetzen. Sie sind alle Ankündigungsweltmeister.

So ist es bei vielen meiner Gleichaltrigen. Sie begeistern sich schnell für etwas, heimsen die Vorschusslorbeeren ein. Wenn es dann darum geht, die Vorhaben umzusetzen, etwa ohne den Applaus anderer Anträge zu schreiben, und wirklich etwas zu tun, steigen sie klammheimlich aus dem Projekt aus.

Wieder frage ich mich: Bin ich auf dem Weg zur Misanthropin? Seit der Schwarzen Wand ist ein halbes Jahr vergangen. Verglichen mit den Trauerphasen, etwa nach dem Verlust eines Menschen, müsste ich inzwischen den Schicksalsschlag verarbeitet haben. Sonst wenden sich meine verbliebenen Freunde auch noch von mir ab. Erst recht, wenn sie merken, dass ich wirklich zur Misanthropin geworden bin. Aber das mit den Ankündigungsweltmeistern sage ich meinen Freunden nicht. Ich mach das mit mir selbst aus. Nehme mir aber auch die Freiheit heraus zu sagen, dass ich nicht zu dieser Silvesterparty gehe.

Stattdessen verziehe ich mich in mein Zimmer. Erst will ich die Geschichte von Herrn Theisen aufschreiben, solange sie noch frisch in meinem Gedächtnis ist.

Ich überlege, ob an der Sieben-Jahre-Regel von Herrn Theisen etwas dran ist. Auf mich übertragen kann ich sie nicht. Zum einen, weil mein Leben mit achtzehn Jahren noch zu kurz für solche Serien ist. Zum anderen gibt es bei mir ein sehr schlimmes und ein schlimmes Ereignis: Die Schwarze Wand ist die Kategorie eins, der Auszug meines Vaters die Kategorie zwei. Beides hat sich im letzten halben Jahr ereignet. Die Theorie von Herrn Theisen taugt also für mein Leben nicht. Ohnehin zweifle ich nach wie vor daran, ob der alte Herr nicht doch ein Opfer seiner mathematischen Begabung ist.

Dennoch ist da an Herrn Theisens Erzählung etwas, das mich beschäftigt: Nach jedem schlimmen Ereignis hat er sich einen Traum erfüllt. Dadurch war es ihm möglich, dem Schicksalsschlag etwas Positives abzugewinnen. Ohne Bandscheibenvorfall kein Empire State Building. Ich denke an die Zeit auf der Fleecedecke im Schwimmbad, unmittelbar vor der Schwarzen Wand. Was habe ich damals für Träume aufgeschrieben! Sollten die wirklich alle für immer gestorben sein?

Wenn man sich Träume erfüllen will, muss man oft hart daran arbeiten, hat Herr Theisen am Schluss gesagt. Ich grüble lange über diesen Satz nach. Meine Träume sind noch vorhanden. Nur glaube ich nicht mehr daran, dass ich sie als Blinde umsetzen kann. Oder ist es nur schwerer, aber nicht unmöglich geworden, sie zu verwirklichen?

Auch unter Herrn Theisens Erzählung schreibe ich meine drei Lebensfragen und suche nach Antworten.

Warum ist die Welt so ungerecht?

Herr Theisen behauptet, dass wir das Schicksal nicht beeinflussen können und dass wir nichts Genaueres darüber wissen. Das Schicksal mag ungerecht sein, wenn es einfach so über einen hereinbricht. Aber wir haben es in der Hand, ihm seine absolute Macht über uns zu nehmen, indem wir etwas Positives daraus entstehen lassen: Wir erfüllen uns Träume, die wir sonst vielleicht nie gelebt hätten. Das Ungerechte der Welt wird sozusagen versüßt, verwandelt.

Woher bekomme ich nach einem sehr schweren Schlag wieder Mut zum Leben?

Indem ich mir meine Träume erfülle.

Gibt es das Unsichtbare hinter den sichtbaren Dingen?

Herr Theisen glaubt an die Mystik von Zahlen, in seinem Fall die der Zahl Sieben. Solche Zahlen beeinflussen unsichtbar (oder nur auf einem Zettel in einem Café erkennbar) das Leben, die Welt. Mir ist diese Zahlensymbolik zu konstruiert, aber trotzdem schließe ich ihre Wirkung nicht aus.

Als Erkenntnisse aus Herrn Theisens Erzählung halte ich fest:

1. *Beantworte Schläge des Schicksals, indem du dir Träume erfüllst.*
2. *Arbeite hart an der Erfüllung deiner Träume.*

Ich gehe die Treppe hinunter. Unten sitzen meine Mutter und Lennart am Esstisch. Der Duft des Bratens macht mich hungrig. Wir verbringen einen ziemlich leisen Abend. Silvester gab es bei uns noch nie Knaller und Raketen. Wir spenden stattdessen das gesparte Geld für Waisenkinder in Afrika.

KAPITEL 15

Die ersten Wochen des neuen Jahres sind kalt und still. In mir arbeitet etwas. Ich weiß nicht genau, was, aber ich kenne die Ursache. Es sind die Geschichten der alten Menschen, die so viel vom Leben wissen. Mir wächst Mut zu, nicht im Übermaß, aber etwas. Mut, nach vorne zu schauen, etwas zu planen.

Mir sind Sonjas Sätze wieder sehr präsent: Entweder musst du durch die Schwarze Wand hindurchgehen. Oder du musst sie einreißen. Damit du dahinter wieder das Licht siehst.

Ein Erlebnis in einem Münchner Club an der Poccistraße bringt mich auf diesem Weg weiter. An einem frühen Freitagabend holen mich Julia und Sophie ab. Wir gehen zu einem Poetry-Slam. Ich verspreche mir nicht viel von dem Wettbewerb, ein paar langweilige und bemühte Gedichte vielleicht. Doch ich staune nicht schlecht über die Stimmung, die in dem Club herrscht. Wie ich erfahre, finden dort seit mehr als zwanzig Jahren solche

Wettbewerbe statt. Das Publikum ist kritisch und dennoch den Vortragenden gewogen. Maud aus Ingolstadt hat ein Gedicht über nervende Lauttelefonierer in Bussen und Bahnen geschrieben, ein Mark aus Germering trägt Verse über sein Praktikum bei einer Molkerei vor, Nele zeigt Parallelen zwischen Start-up und Ketch-up auf. Noch ein Dutzend weitere Gedichtvorträge gibt es. Die meisten Texte sind ausgesprochen witzig, geistreich. Auch nachdenkliche, ruhige Gedichte gibt es, dann halten alle im Publikum den Atem an, und ein Knistern liegt in der Luft. Zwischen den Gedichten spielt eine Band Soul- und Bluesmusik. Wir trinken einen Mojito, zwei.

»Hi, ich bin Mark«, stellt sich jemand in meiner unmittelbaren Nähe vor, vielleicht weil er Blickkontakt mit einem von uns hatte, warum auch immer. Ich merke zunächst nicht, dass es der Molkerei-Mark ist. Jetzt redet er mit Julia und Sophie, aber ich schalte mich gleich in das Gespräch ein, auch wenn ich nicht weiß, ob er mich registriert und mitbekommt, dass ich ihn etwas frage.

»Wie lange schreibst du an so einem Gedicht?«, will ich wissen.

»Wenn die Idee steht, geht es schnell«, antwortet er mir direkt, und ich freue mich, den Kontakt zu ihm gefunden zu haben. Er erzählt mir in den nächsten Minuten viel über seine bisherige Autorenlaufbahn. Dass ich blind bin, lässt er mich mit keiner Silbe, mit keiner Frage merken. Aber er muss es mir ja ansehen, wegen meiner Sonnenbrille im Club. Auch sind meine Bewegungen anders als bei Sehenden, allein schon meine rechte Hand, die nach dem Mojito tastet. Julia und Sophie haben sich aus dem Gespräch ausgeklinkt, ich höre sie mit anderen sprechen. Mark ist schon achtundzwanzig, hat BWL studiert, aber das Examen nicht bestanden. Er hat bereits an mehreren Poetry-Slams teilgenommen und lebt unter anderem davon.

»Solche Wettbewerbe motivieren mich. Man verdient einiges Geld, und Presse gibt's außerdem. Ich bin bald so weit, einen ganzen Abend alleine zu bestreiten.«

»Nur mit Gedichten?«, staune ich.

»Nein, das wäre zu anstrengend!« Mark lacht. »Ich habe auch ein paar kleine Erzählungen geschrieben, die ich vortrage. Oder ich hol mir eine andere Slammerin dazu. Und wichtig ist auch die Musik.«

»Hast du eine Band?«

»Ja, ich spiele Gitarre und singe. Dazu haben wir noch einen Keyboarder und eine Cellistin.«

»Eine Cellistin?«

»Exakt! Dadurch heben wir uns ein bisschen von den üblichen Besetzungen ab. Aber Nora, unsere Cellistin, spielt bei manchen Stücken auch Cajón und singt mit.«

Mich fasziniert, was dieser Mark erzählt. Er wirkt so motiviert, so mit sich selbst und dem im Einklang, was er beruflich macht. Und das, obwohl er nach einem langen Studium das Examen nicht geschafft hat und in der bürgerlichen Welt als gescheitert gilt. Aber daran stört er sich offenbar nicht.

»Kannst du singen?« Die Frage überrascht mich. Ich stammele nur irgendetwas von Schulchor.

»Na, überleg dir mal, ob du bei uns mal vorsingen willst. Wir könnten eine zweite Sängerin gut gebrauchen. Das erweitert unser Repertoire. Aber du musst natürlich gut sein.«

Er scheint direkt neben mir zu sitzen, ich spüre seinen Atem.

»So, jetzt muss ich noch mal auf die Bühne«, sagt er schließlich, »zur Preisverleihung.«

»Halt, Mark«, sage ich, und sein Name geht mir wie selbstverständlich über die Lippen, obwohl ich ihn gerade erst kennengelernt habe. »Ich habe noch eine Frage.«

»Na, schieß los!«

»Trägst du deine Gedichte frei vor oder hast du einen Zettel?«

»Du hast die Hauptanforderung an einen guten Slammer schon erkannt«, lobt mich Mark, und ich freue mich darüber. »Der freie Vortrag ist entscheidend. Du lieferst dich dem Publikum aus. Du setzt dich der Gefahr aus, den Faden zu verlieren, zu scheitern. Das honoriert das Publikum. Ich trage immer frei vor.«

Er drückt mir die Hand. Vorne im Saal ist Unruhe. Die Moderatorin des Abends bittet alle Teilnehmenden des Poetry-Slams auf die Bühne. Die ersten fünf erhalten Preise. Ich bin richtig aufgeregt und hoffe, Mark wird den Wettbewerb gewinnen. Er erhält den zweiten Preis. Immerhin. Der Applaus für ihn ist groß. Ein wenig traurig bin ich, dass er nach dem Wettbewerb nicht mehr zu uns kommt. Aber er hat sicher seine Fans und feiert mit ihnen.

Auf dem Nachhauseweg mit Julia und Sophie kann ich mich nicht auf das Gespräch mit ihnen konzentrieren. Mich beschäftigt das, was Mark erzählt hat. Auch sein Angebot, in seiner Band vorzusingen. Singen kann ich eigentlich ganz gut, nicht nur im Schulchor habe ich gesungen, sondern sogar auch ein halbes Jahr privaten Unterricht genommen. Aber um in seiner Band mitzusingen, reicht es sicher nicht. Eigentlich will ich das auch nicht. Als Blinde müsste ich auch noch die Notenschrift in Braille lernen oder vieles nach Gehör singen. Dennoch lässt mich der Gedanke nicht los, an diesem Abend könnte sich eine Tür ein wenig für mich geöffnet haben. Mark und seine Erlebnisse in der Molkerei. So witzig, so hintergründig. Und gerochen hat er auch gut.

»Der Mark hat uns ja völlig ignoriert, nachdem du mit ihm ins Gespräch eingestiegen bist«, sagt Julia zum Abschied und umarmt mich.

In den nächsten Tagen habe ich gleich zwei Gesprächstermine, die Gero im Altenheim für mich ausgemacht hat. Mit Frau Blumentritt und Herrn Meindl. Noch ahne ich nicht, dass es die letzten beiden Gespräche sein werden, die er für mich vermittelt.

FRAU BLUMENTRITT ERZÄHLT VOM WEG ZUM GLÜCK

Ich bin 1937 in Niederschlesien geboren. Meine Kindheit in einem Dorf bei Schweidnitz war wunderschön, obwohl überall Krieg herrschte und Schlesien schon seit Langem ein Spielball politischer Interessen war. Meine Großeltern betrieben eine kleine Landwirtschaft. Wir hatten Hühner, ein paar Schweine und Kühe, Enten, Katzen, ein abgemagertes Pferd, zwei Schafe mit kräftiger Wolle und einen Schäferhund. Ein klarer Bach strömte an unserem Haus vorbei und bot uns Kindern viele Möglichkeiten zum Spielen. Sogar ein altes Mühlrad klapperte unentwegt seine eintönige Melodie. Vom Krieg selbst habe ich zunächst wenig mitbekommen, nur dass unser Vater fehlte. Meine Mutter versorgte uns mit dem, was unser Garten hergab, und wir hungerten nicht.

Die schönste Zeit verbrachte ich in einem Schuppen auf unserem Grundstück. Dorthin lud mein Großvater ein- oder zweimal die Woche die Kinder der Umgebung ein. Auf einem knorrigen Tisch in der Mitte des Raumes hatte er mit Sperrholz ein zusammenklappbares Theater errichtet, dessen Bühne mit einem samtenen roten Vorhang verschlossen war. Holzstämme davor boten den Kindern eine Sitzgelegenheit. Ging der Vorhang auf, traten Marionettenpuppen auf die Bühne und boten die schönsten Märchen für Kinder dar. Mein Großvater hatte nicht nur das Theater gebaut, sondern spielte auch alle Rollen in den Stücken. Er war ein wahrer Stimmenkünstler, der mal hell wie Rotkäppchen und mal finster wie der Wolf sprach. Ach, was waren das für herrliche Zeiten!

Doch dann ging der Krieg seinem Ende zu, und die Rote Armee rückte immer näher gegen Schlesien vor. Ich weiß noch, wie damals im Dorf eine große Unruhe herrschte und alle sich vor dem Herannahen der Russen fürchteten. Hals über Kopf mussten wir unsere wenigen Sachen zusammenpacken, die wir mit unserem Handwagen auf die Flucht mitnehmen konnten. Mir vertraute mein Großvater eine Marionette und einige Kleidungsstücke für sie an, mit der er wechselweise Aschenputtel, Schneewittchen oder eben das Rotkäppchen spielte. Ich solle sie mitnehmen, er werde bald nachkommen, flüsterte er mir zum Abschied zu.

Mit einem langen Treck zogen wir in Richtung Westen, fuhren später ein Stück mit der Eisenbahn und kamen schließlich in Schwandorf in der Oberpfalz an, unserer neuen Heimat, wie sich bald zeigen sollte. Ich hatte noch vier Geschwister und staune bis heute, wie meine Mutter die Flucht mit uns allen damals geschafft hat. Doch genauso bewundere ich sie, wie sie die Jahre nach dem Krieg mit uns überlebt hat. Wir kamen als Fremde in eine unbekannte Gegend und waren zunächst einmal nur weitere Konkurrenten um die wenigen Lebensmittel, die es damals gab. Ich kann mich noch an den eisigen ersten Winter nach dem Krieg erinnern, wo unsere Mutter mit vielen anderen am Tor eines Kohlenhändlers stand, um von den ausfahrenden Wagen herunterfallende Briketts einzusammeln. Für ein paar Kartoffeln war sich meine Mutter nicht zu schade, nachts auf eines der Felder zu gehen und heimlich welche zu stehlen, auch wenn die Bauern der Gegend mit scharfen Hunden unterwegs waren, um genau das zu unterbinden. Es fehlte uns einfach an allem. Aber meine Mutter brachte uns durch, und als sie mit gerade mal fünfundvierzig Jahren starb, sah sie aus wie eine Greisin.

Mein Vater und mein Großvater tauchten nie wieder auf. Erst viele Jahre nach Kriegsende erfuhren wir ihr Schicksal. Mein Vater war als Soldat gefallen, mein Großvater hatte sich das Leben genommen, als die Rote Armee unser Dorf erreicht hatte. Der Flucht hatte er sich verweigert, dazu hing er zu sehr an unserem Haus, dem Grundstück, der Heimat.

Von ihm geblieben war mir die Marionette, die ich bis in die Oberpfalz retten konnte. Nach der Schule habe ich in einer Küche als Aushilfe gearbeitet. Aber diese Tätigkeit war schlecht bezahlt, und der Gastwirt stellte mir nach und bedrängte mich körperlich so sehr, dass ich nicht mehr weiter dort arbeiten wollte. Doch was sollte ich stattdessen tun?

Ich lernte Werner kennen, einen einfachen Arbeiter im Braunkohletagebau. Wir heirateten und bekamen zwei Kinder geschenkt, Klaus und Annegret. Doch über mein Leben zog sich ein immer längerer Schatten. Schlimmes passierte. Werner verlor seine Arbeit, saß nur noch im Wirtshaus und war dabei, sich mehr oder weniger zu Tode zu saufen. Klaus starb mit gerade einmal dreißig Jahren an einer Lungenentzündung,

Annegret führte eine unglückliche Ehe, die kinderlos blieb. All das führte mich mit fünfzig Jahren in eine tiefe Lebenskrise. Heute würde man wohl von einer anlassbedingten Depression sprechen. Ich war appetitlos, magerte ab und schaffte es morgens kaum aus dem Bett. Überhaupt war ich immer müde und antriebslos.

Wo war das Glück meiner Kindheit geblieben? Dieses unbeschwerte Leben, ganz dem Augenblick verpflichtet und frei von Sorgen? Sollte es das später nicht mehr geben? Das fragte ich mich in dieser Zeit immer wieder.

Als unsere Kinder Klaus und Annegret klein waren, habe ich mich manchmal an die Nachmittage im Schuppen meines Großvaters erinnert. Einmal habe ich Großvaters Puppe als Schneewittchen angezogen und meinen Kindern das Märchen vorgespielt. Doch es fehlten weitere Puppen, um das Stück glaubhaft zu spielen. Und, so fragte ich mich, war ich überhaupt begabt dazu, Märchen zu spielen? In guten Momenten sagte ich mir, ja, du bist die Enkelin eines großen Puppenspielers, du hast das Talent geerbt. Aber so richtig weiter kam ich an der Stelle nicht.

Im Leben gibt es schlimme Zeiten. Aber das Gute ist, dass es nicht bei den schlimmen Zeiten bleibt. Sie sind nur der umgepflügte Acker, aus dem Gutes hervorwächst. Bei mir war es jedenfalls so, und das lag an einem Schlüsselerlebnis. Oder sprechen wir besser von einem Schlüsselgespräch. Geführt habe ich es mit einer Nonne in einem Kloster, nicht weit weg von Schwandorf. Weil ich so verzweifelt war und nicht mehr weiterwusste in meiner großen Lebenskrise, habe ich die Begegnung mit Schwester Vincentia gezielt gesucht. Eine

Bekannte hatte mir erzählt, dass die Ordensschwester eine gute Gesprächspartnerin sei.

Und das war sie für mich in der Tat. Nicht, weil sie mir unzählige Ratschläge erteilt hat. Nein, ganz im Gegenteil, sie hat wenig geredet und mir nur die richtigen Fragen gestellt. Fragen, die mir bewusst machten, wo ich vielleicht ein bisschen Glück für mein Leben finden würde.

»Erzählen Sie von Ihrem Leben«, hat sie mich aufgefordert und dann, als ich ihr offenbar mit leuchtenden Augen von meinem Großvater erzählt habe, nachgehakt: »Was war es genau, was Sie da so beglückt hat? Haben Sie das Gefühl, die Marionette Ihres Großvaters ist eine Art Vermächtnis von ihm? Wie war das für Sie, als Sie Ihren Kindern mit nur einer Marionette Märchen vorgespielt haben?«

Mir war bald klar: Wenn ich irgendetwas mit Marionetten tun könnte, würde mich das ausfüllen. Dann würde ich nicht mehr nur wehmütig in der Vergangenheit leben, sondern gegenwärtig sein und mein Leben auf eine gute Spur bringen.

Wenn man etwas unbedingt will, gelingt es auch. Das habe ich nach dem Gespräch mit Schwester Vincentia gespürt. So stand mein Wunsch fest: Ich wollte mir einige weitere Marionetten zulegen und dann mit einem eigenen Marionettentheater für Kinder durchstarten. Wenn ich heute daran zurückdenke, war das ein bisschen verrückt. Was heißt »ein bisschen«? Es war komplett verrückt. Ich hatte kaum Ersparnisse, einen Ehemann, der sein Arbeitslosengeld und dann seine Sozialhilfe versoff, und eine Tochter, die von ihrem Mann so knapp gehalten wurde, dass sie mich manchmal um Geld anbettelte, um sich mal einen Rock oder eine Bluse kaufen zu können. Und da gebe ich das bisschen Geld, das ich habe, für Marionettenpuppen aus! Auch Stoffe, um die Puppen zu bekleiden, brauchte ich. Geschickt in Handarbeiten, fertigte ich die Kostüme für die Puppen alle selbst an. Aber das alles kostete und kostete. Ich überzog sogar mein Konto dafür und lieh mir bei einer Bekannten Geld. Das nennt man wohl volles Risiko!

Aber ich war so ergriffen von meiner Idee eines mobilen Marionettentheaters! Schwester Vincentia hatte bei mir einen Knoten gelöst, der mich seit Jahrzehnten am Leben gehindert hatte. Stundenlang übte ich jeden Tag die Stücke ein. Marionetten zu bedienen ist wahrlich nicht einfach. Parallel dazu musste ich für Auftritte sorgen. Ich weiß noch, wie ich mit den letzten Pfennigen Plakate kopierte, die die ersten Aufführungen in Schwandorf ankündigten. In einem Wirtshaus habe ich den Saal dafür gemietet. Wie aufgeregt war ich, als ich alles vorbereitet hatte und wartete, ob Kinder mit ihren Eltern kommen würden. Käme niemand, wäre ich ruiniert. Doch der Saal füllte sich, nicht übermäßig, aber immerhin reichte es für die Saalmiete und ein bisschen Überschuss, mit dem ich die nächsten Aufführungen bewarb. Bald war klar, dass ich meinen Radius ausweiten musste, um mir neues Publikum zu erschließen. Da ich keinen Führerschein hatte, musste ich mich mit dem Zug von Ort zu Ort bewegen. Mein Theater verstaute ich in einem riesigen Koffer. Ich schrieb Kindergärten und Schulen an und telefonierte mit Stadtbüchereien, um Auftritte zu bekommen.

Und was soll ich sagen, nach zwei Jahren finanzierte sich das Marionettentheater selbst und mich mit. Ich konnte meine

Schulden zurückbezahlen und hatte sogar noch so viel Geld übrig, um Werners Beerdigung ohne Probleme zu bezahlen. Ich war Mitte fünfzig und zog schließlich nach München, da die Großstadt mir mehr Auftrittsmöglichkeiten bot. Auch weitete ich mein Repertoire aus, spielte jetzt auch Stücke für Erwachsene und suchte mir wechselnde Spielpartner, um größere und anspruchsvollere Stücke aufzuführen. Sogar den Führerschein habe ich in diesem Alter noch gemacht.

Mein Leben hatte Flügel bekommen. Nur durch ein Gespräch. Mit einer Nonne. Die die richtigen Fragen gestellt hat. Die mir geholfen hat, den Schatz meiner Kindheit zu heben. Ihn, diesen Schatz, zum Wegweiser für mein weiteres Leben zu machen. In einem Leben mit Flügeln schafft man alles.

Meine Marionettenpuppen und meine Theaterkulissen habe ich bis heute bei mir. Im Altersheim hier habe ich dafür einen eigenen Abstellraum kostenlos zur Verfügung bekommen. Im Gegenzug führe ich einmal im Monat ein Stück auf. So ist es mir nicht langweilig.

Ich habe in meinem Testament festgelegt, was mit meinen Marionetten geschieht. Ich schenke sie dem Münchner Marionettentheater, vielleicht kann man sie dort verwenden. Nur eine Puppe, nämlich die, die mir mein Großvater geschenkt hat, die möchte ich bei mir im Grab wissen. Denn sie und ich, wir haben eine gemeinsame Geschichte, die mit meinem Tod ein Ende findet, für uns beide. Vielleicht begegne ich dann ja meinem Großvater in irgendeiner anderen Welt. Dann werde ich ihn anstrahlen, ihm die Marionette überreichen und ihm sagen: Danke, dass du mir in meiner Kindheit das Glück geschenkt hast.

KAPITEL 16

»Warum haben Sie die Nonne gebraucht, um das herauszufinden, Frau Blumentritt?«

Ich habe atemlos der brüchigen Stimme der alten Dame zugehört.

»Weil, nun ja, also … Hm, manchmal braucht es einen Anstoß von außen, damit man die Wahrheit selbst findet.«

»Haben Sie die Nonne später noch einmal gesprochen?«

»Ja, ich bin noch einmal ins Kloster gefahren, als mein Theater so richtig gut lief.«

»Haben Sie der Nonne erzählt, welche Bedeutung sie für Ihr Leben hatte?«

Frau Blumentritt schweigt eine Weile.

»Ja, ich habe es versucht«, fährt sie schließlich fort, »aber sie wollte das gar nicht hören. Sie hat gesagt, die Wahrheit hätte ich selbst gefunden. Sie sei bestenfalls ein bisschen die Geburtshelferin gewesen. Und entscheidend sei, dass, wenn wir glückliche Zeiten als Kind erlebt haben, wir uns dieses Glück auf unserer geistigen Festplatte abspeichern. Damit wir es jederzeit parat haben, wenn die Zeiten schwierig sind. Wie der Proviant in einem Rucksack bei einer langen Wanderung, so brauchen wir die Erinnerung an glückliche Stunden der Kindheit für die Lebensreise.«

Ich verabschiede mich von Frau Blumentritt. Zu Hause schreibe ich ihre Erzählung auf, indem ich die Aufnahme auf meinem Smartphone immer und immer wieder abhöre. Im Anschluss an den letzten Satz notiere ich meine drei Fragen und meine Erkenntnisse aus dem Gespräch mit Frau Blumentritt dazu:

Warum ist die Welt so ungerecht?

Eine Frage, die sich Frau Blumentritt nie gestellt hat. Trotz einer für sie bis zur Flucht schönen Kindheit war die Bedrohung durch Krieg und Vertreibung etwas Normales, was alle damals traf. Wirklich alle. Darum war die Welt nicht ungerecht.

Woher bekomme ich nach einem sehr schweren Schlag wieder Mut zum Leben?

Indem ich jemanden finde, der mir die richtigen Fragen stellt. Die Antworten finde ich dann selbst. Und indem ich nach vorne schaue, Pläne schmiede, Risiken eingehe, die Hoffnung nicht aufgebe.

Gibt es das Unsichtbare hinter den sichtbaren Dingen?

Die Kindheit verwandelt sich in einen unsichtbaren Proviant für die Lebensreise. Sie ist so etwas wie ein verborgener Schatz im Acker, der erst hervorkommt, wenn wir den Acker wieder und wieder pflügen. Das heißt: Wir erinnern uns immer neu an die Kindheit und entdecken irgendwann das, was uns damals geprägt und fürs Leben gestärkt hat. Indem wir den lange Zeit unsichtbaren Schatz betrachten, uns an die glücklichen Zeiten der Kindheit erinnern, verwandeln wir uns, gerade in Krisenzeiten. Uns wachsen Flügel.

Ich halte mir als Merksätze fest:

1. *Vergiss nicht den Rucksack deiner Kindheit, den Proviant fürs Leben.*
2. *Suche jemanden, der dir die richtigen Fragen stellt.*
3. *Schau mehr nach vorne als zurück, schmiede Pläne, geh Risiken ein, gib die Hoffnung nicht auf.*

Zwei weitere Ereignisse in diesen Wochen bringen mich in meinem Nachdenken voran und drängen mich zu einer Entscheidung: Erstens stoße ich auf Selma Meerbaum-Eisinger, und zweitens werde ich wieder mit der Höhle konfrontiert.

Doch der Reihe nach.

Selma Meerbaum-Eisinger. Ich bin in einer Vorlesung zur jüdischen Literatur. Mich interessieren die Geschichten von Menschen, die von antisemitischer Gewalt bedroht waren und sich ihre innere Freiheit durch Lesen und Schreiben bewahrt haben. Erst habe ich den Vornamen nur beiläufig registriert. Selma. Der Dozent erzählt uns ihr Schicksal.

Dieses jüdische Mädchen, das sich schon sehr früh für Poesie begeisterte. Dieses Mädchen, das früh den Vater verlor und das gezwungen war, mit Mutter und Stiefvater im Ghetto von Czernowitz zu leben. Dieses Mädchen, das schließlich in ein Arbeitslager kam und mit achtzehn Jahren an Fleckfieber starb. Selma, jetzt erst rufe ich mir den Namen ins Gedächtnis, dazu das Alter. Warum erzählt der Dozent hier von ihrem Leben? Er liest ein Gedicht von ihr vor. *Tränenhalsband,* heißt es. Darin der Vers »Ich bin in Sehnsucht eingehüllt«. Sehnsucht nach Liebe, nach einem Leben, das die innere Kälte und Leere überwindet. Wie mich diese Worte ergreifen und anrühren! Selma, irgendwie fühle ich mich mit ihr verbunden wie mit einer fernen Schwester, über die Jahrzehnte und Ländergrenzen hinweg.

»Ich bin in Sehnsucht eingehüllt«, flüstere ich noch am selben Abend tausendmal in mein Kopfkissen. Nur dass ich im Unterschied zu dieser früh verstorbenen Selma noch Chancen habe, die Sehnsucht wenigstens ein Stück weit zu befriedigen. Was würde Selma Meerbaum-Eisinger an meiner Stelle und mit meinem Schicksal wohl machen?, frage ich mich. Und vermute: Sie würde weiter Gedichte schreiben, ihr Innerstes in Verse kleiden, sich in Sehnsucht einhüllen und damit die Sehnsucht ein wenig stillen.

Die Höhle. Der Satz meiner Mutter beschäftigt mich oft: *Du musst deine Höhle verlassen, sonst bleibst du immer im Dunkeln.* Stillschweigend habe ich die Wörter *»selbst gebaute«* vor Höhle gestrichen, da der Satz sonst eine Schuldzuweisung enthalten und damit in die falsche Richtung weisen würde. Die Worte meiner Mutter sind nicht so poetisch, nicht so anrührend wie Selmas Verszeile über die Sehnsucht. Aber auch sie sind wichtig. Das hängt mit meiner dritten Lebensfrage zusammen, der nach den unsichtbaren Dingen hinter den sichtbaren. Ob ich mich als Sehende für diese Frage nach den unsichtbaren Dingen so sehr interessiert hätte wie jetzt als Blinde?

Unsichtbare Dinge, das sind Fragen nach Gott, Religion, einem Wirken von überirdischen Mächten. Ich habe mir in den letzten Monaten Texte des Hinduismus angehört, die Bhagavad Gita und welche, die sich mit Vishnu, Rama und Krishna als höchsten Wesen beschäftigen. Auf die Lehren des Siddhartha Gautama und damit auf den Buddhismus bin ich im Rahmen einer Philosophie-Vorlesung aufmerksam geworden. Koransuren habe ich mir in deutscher Übersetzung zu Gemüte geführt. Auch wenig bekannte religiöse Texte aus Splitterreligionen standen auf meinem Hörprogramm.

Wiedergeburt, Seelenwanderung, die Anweisungen zu Kontemplation, Meditation, die fünf Säulen – alle diese religiösen Vorstellungen und Praktiken interessieren mich, aber sie erreichen mich nicht im Herzen. Was ethische Fragen betrifft, kann ich mich für die Lehren des Jesus von Nazareth begeistern – aber eben für die *Lehren*, die nur über den Kopf Eingang bei mir finden. Sie rühren mich nicht emotional an, dringen nicht in meine Gefühle vor.

Ein gar nicht mal so prominenter Text der Bibel ist es, dem dies schließlich doch gelingt. Das liegt am Ort des Geschehens, einer Höhle. In diese flieht Elia, der Prophet, dem sie nach dem Leben trachten. Elia erhält die Aufforderung, und für ihn kommt sie von Gott: »Geh raus aus der Höhle auf den Berg. Ich werde mich dir zeigen!« Elia geht aus der Höhle hinaus. Erst kommt ein starker Wind. Aber kein Gott! Dann ein Erdbeben. Aber kein Gott! Dann ein Feuer. Aber kein Gott! Dann ein stilles, sanftes Sausen. Man könnte auch sagen: ein Lüftchen. Und in diesem sanften Wind hört er Gott zu sich sprechen.

Diese für Elia so wichtige Begebenheit berührt mich mehr als alle anderen religiösen Texte. Ist es die Analogie zum Satz meiner Mutter darüber, ich müsse meine Höhle verlassen?

Ich öffne jetzt bei Winterstürmen gerne das Fenster und lausche hinaus. Wenn dann der Sturm vorüber ist, denke ich manchmal: Auch die schlimmsten Stürme in meinem Leben werden sich wieder legen. Und dass ich mich nicht zu fürchten habe, wenn ich die Höhle verlasse. Woher kommen diese so beruhigenden Gedanken? Gibt mir die eine unbekannte höhere Macht ein? In diesen Augenblicken fühle ich mich stark, wehrhaft, gewappnet, nicht nur um vor der Höhle stehen zu bleiben, sondern um auch ins Leben hinauszugehen.

Ins Leben hinausgehen. Was mir fehlt, um das noch entschlossener zu tun, sind zwei Dinge: die Aussicht, mich zu verlieben, einen Freund zu finden, irgendwann auch die Liebe des Lebens. Und eine konkrete berufliche Perspektive.

Sich verlieben. Ich wäre so gerne in jemanden verliebt und hätte natürlich auch gerne, dass der es auch in mich ist. Ob ich bei Gero eine Chance hätte, wenn er nicht vergeben wäre? Er ist zu mir wie ein guter Kumpel, aber ein richtiger Freund, der mit mir geht, mich liebt, die Zukunft mit mir plant? Es ist sinnlos, darüber nachzudenken, er hat eine supernette Freundin, die bestens zu ihm passt.

Auch an diesen Slammer Mark denke ich manchmal, wenn mich der Schmerz wegen des fehlenden Freundes erwischt. Aber Mark habe ich nur einmal getroffen. Ja, er war freundlich zu mir, auch offen, hat mir angeboten, bei seiner Band vorzusingen. Seine Gedichte, sein Geruch, das hat mir gefallen. Aber ob er an mir interessiert ist, über den Gesang hinaus? Um das herauszufinden, müsste ich ihn öfter sehen. Auch ob ich mich in ihn wirklich verliebe, würde sich dann zeigen. Aber Liebe kann man nicht planen, sie kommt auf unsichtbaren Wegen und ist ein Wunder.

Über dieses Thema mit jemand anderem zu sprechen fällt mir schwer. Sonja hat von sich aus bei unserem letzten Treffen damit angefangen. Sie hat von einer Ferienreise blinder Jugendlicher erzählt, bei der sich Freundschaften und mehr entwickelt hätten. Was meinst du mit

»und mehr«?, hätte ich sie fragen sollen, mich aber leider nicht getraut. Wie blöd, dass ich da so verklemmt war. Sonja kommt jetzt nur noch alle zwei Wochen für eine Stunde, und bei ihrem nächsten Besuch ist mein Mut endgültig verflogen, sie nach dem »und mehr« zu fragen. Und einmal habe ich versucht, mit meiner Mutter über dieses mich so belastende Thema zu sprechen. Damals, als sie mir von Timo, dem Liedermacher und Bienenzüchter, erzählt hat.

»Ich bin allein«, habe ich so vor mich hin gesagt.

»Bist du nicht, Selma«, hat sie geantwortet, »du hast deinen Papa, Lennart, Julia, viele andere, mich. Du bist nicht allein.«

Allein ist nicht das richtige Wort, habe ich mir später gedacht. *Einsam* trifft meinen inneren Zustand besser. Allein, einsam, zwei scheinbar verwandte Wörter. Aber es trennen sie Welten. Allein bin ich in der Tat nicht, ich habe meine Familie, Freundinnen, Sonja, Gero, die alten Menschen im Haus Heilig Geist. Aber ich bin einsam, wenn es um einen Menschen geht, dem ich mich voll und ganz anvertraue, weil ich ihn liebe. Eine Liebe, die eine andere ist als die, die man zur Familie oder zu Freundinnen empfindet. Liebe im Sinne von Schmetterlingen im Bauch, Händchenhalten, Küssen und …

Beruflich will ich nicht bei Vorlesungen an der Uni stehen bleiben, in die ich nur reinhöre. Medizinische Tastuntersucherin will ich ebenso wenig werden wie Masseurin oder Mitarbeiterin in einem Callcenter. Das sind klassische Blindenberufe. So wie die Schwalben vor einem Gewitter tief und wild umherfliegen, schwirren meine Gedanken durcheinander, und ich spüre, dass sich bald etwas entscheidend ändert. Ich will durch die Schwarze Wand hindurchgehen. Oder sie einreißen. Damit ich dahinter wieder das Licht sehe.

Wie Frau Blumentritt frage ich mich, was ich in meiner Kindheit oder Jugend besonders gemocht habe. Mir fällt einiges ein. Die Urlaube in Schweden, als mein Vater mir das Schwimmen beigebracht hat; das Weihnachten, ich war so fünf, als ich eine Babyborn geschenkt bekam; oder die USA-Reise direkt nach meinem Abitur. Aber kein Erlebnis ist so dominant wie das Marionettenspiel in der Kindheit von Frau Blumentritt, und sie war auch schon über fünfzig, als sie sich darauf besann.

Noch fehlt mir ein Plan, eine klare Lebensentscheidung, die mir den Weg vorgibt. Die Liebe, der Beruf, alles unklar und offen und auch wirr in meinem Kopf. Aber ich bin eine Schwalbe vor dem Gewitter. Nach dem Gewitter ist die Luft rein und klar, und ich fliege einem anderen Leben entgegen. Das hoffe ich.

HERR MEINDL ERZÄHLT VON UNGEWÖHNLICHEN FREUNDSCHAFTEN

Ich bin 1938 in Berchtesgaden zur Welt gekommen. Watzmann, Hochkalter, Untersberg, wer diese Berge täglich sieht und sie schon recht jung besteigt, wer mit Steinadler, Rothirsch und Murmeltier aufwächst, bleibt ein Leben lang naturverbunden. Wie hat mir diese Umgebung gefehlt, als ich nach der Schule ins vom Krieg so schwer zerstörte München kam! Mein Vater war im Krieg gefallen, und meine Mutter schickte mich in die bayerische Landeshauptstadt, weil mir dort ihr Bruder Herbert eine Lehre als Verwaltungskaufmann vermittelt hatte und mir auch ein kostenfreies Mansardenzimmer in seinem Haus in Sendling anbot. Also packte ich meine wenigen Sachen und zog nach München. Ich weiß noch wie heute, wie mir das Herz schmerzte, als ich den Zug bestieg und die Berge aus meinem Blick verschwanden.

Nach der Lehre übernahm mich eine große Versicherung, und ich bearbeitete den ganzen Tag die immer gleichen Anträge. Krankenversicherungen, Autoversicherungen, Lebensversicherungen. Mein Büro war kahl und trist, der Blick aus dem Fenster ging auf die Wand von grauem Waschbeton eines Gebäudes, in dem ebenfalls eine Versicherung untergebracht war. Tagein, tagaus ging das so. Immer der gleiche Trott. Die Sehnsucht nach der Natur, nach meinem geliebten Berchtesgadener Land steigerte sich so sehr, dass ich darüber krank wurde.

»Sie müssen raus aus Ihrem Beruf«, sagte mir der Arzt, der mir ein Magengeschwür attestierte, »zumindest mal eine Zeit lang.«

Das war leicht gesagt. Damals konnte man noch nicht so ohne Weiteres längere Zeit krankgeschrieben werden. Wie schnell verlor man seinen Job! Da ich wie ein Einsiedler in München lebte und mittlerweile zwar Onkel Herbert eine Miete zahlte, diese aber weit unter dem Marktwert lag, hatte ich einige Ersparnisse. Ich nahm mir ein Herz und sprach beim Abteilungsleiter vor. Nach einigen Wochen kam der Brief, der die Genehmigung eines unbezahlten Sonderurlaubs für ein halbes Jahr enthielt. Für diese Zeit hatte ich konkrete Pläne. Neben meiner Sehnsucht nach der Natur hatte ich in München an den Wochenenden die Fotografie als Hobby entdeckt. Mit meinem Bruder Günter, der nach wie vor mit meiner Mutter in Berchtesgaden lebte, ähnlich naturbesessen wie ich war und es als Immobilienhändler zu erstaunlichem Wohlstand gebracht hatte, unternahm ich eine Reise, die mein Leben veränderte: Mit dem VW-Bus durchquerten wir ein halbes Jahr lang Ostafrika. Mein Ziel war es, spektakuläre Tierfotos zu schießen. Wir begegneten dem berühmten Tierforscher Bernhard Grzimek, der uns von den Dreharbeiten zu seinem oscarprämierten Dokumentarfilm »Serengeti darf nicht sterben« ebenso erzählte wie vom Bau eines Hühnerhochhauses in Berlin-Neukölln, gegen das er vehement protestierte. Seine Begeisterung für die Tiere war universal und nicht auf bestimmte Arten begrenzt. Mich hat das alles fasziniert.

Als sich die Reise dem Ende zuneigte, wusste ich, dass die Rückkehr ins Versicherungsbüro nach München nur noch für eine befristete Zeit denkbar war. Sonst würde ich daran ersticken. Um mir meinen Lebensunterhalt zu verdienen, wollte ich meine beiden Hobbys zu einem neuen Beruf vereinen: Tierfotograf. Dazu brauchte ich einen Verlag, der bereit war, meine Fotos in Form eines Kalenders oder eines Bildbandes über die Tierwelt Afrikas zu drucken. Ich schickte Mappen mit Fotos an verschiedene Verlage und wartete ungeduldig auf positive Resonanz. Doch die Verlage winkten alle ab, wenn sie überhaupt antworteten. Offenbar gab es schon genügend gute Tierfotografen.

Dann trat Gisela in mein Leben. Sie war ein paar Jahre jünger als ich und studierte in München Biologie. Wir lernten uns bei einem Afrika-Vortrag kennen, verstanden uns auf Anhieb, weil wir die Leidenschaft für die Natur teilten. Im nächsten Sommer – ich hatte wieder einige Ersparnisse zurückgelegt – brachen wir in die Rocky Mountains auf. Über deren Flora und Fauna wollte Gisela ihre Examensarbeit schreiben. Vielleicht waren das die schönsten drei Monate meines Lebens. Wir liebten das unabhängige Leben, das uns ein gemieteter Ford-Bus ermöglichte, wir liebten das Entdecken und Fotografieren von seltenen Tieren und – wir liebten uns. Nach München zurückgekehrt, stand für uns fest: Wir wollten als Naturforscherin beziehungsweise Tierfotograf unser Leben verbringen, und zwar gemeinsam. Wir heirateten. Mit Giselas wissenschaftlichen und dennoch gut verständlichen Texten und meinen Fotografien fanden wir jetzt auch einen Verlag, der unser erstes Buch herausbrachte: »Mit der Kamera durch die Rockys«.

Wir haben seitdem alle Kontinente bereist, mehr als fünfzig Bücher herausgegeben, Tierfilme selbst gedreht oder Filmteams beraten, Multimedia-Vorträge in Schulen oder großen Hallen gehalten. Gisela ist vor fünf Jahren gestorben. Sie war meine große Liebe, und anfangs dachte ich, mein Leben hat ohne sie keinen Sinn mehr. Dazu kam ein Herzinfarkt, der mich längere Zeit ans Bett gefesselt hat und mir jetzt das Reisen unmöglich macht. Hier in diesem Heim werde ich gut versorgt und habe Zeit, meine Fotos zu ordnen. Ich habe einen Studenten dafür bezahlt, dass er mir alle Fotos digitalisiert. Jetzt weise ich jedes Foto einem übergeordneten Thema zu. Vielleicht kann sie nach meinem Tod noch jemand verwenden. Es sind auch Fotos von Tieren dabei, die heute ausgestorben sind, zum Beispiel die Armenische Bartfledermaus, der Java-Tiger oder der Pyrenäensteinbock.

Das Ordnen und Sortieren der Fotos haben meinem Leben noch mal einen Sinn gegeben. Sehr viele der Bilder sind mit Erinnerungen an meine Gisela verbunden. Manchmal schmerzen diese Erinnerungen, weil die Erlebnisse unwiderruflich vorbei sind. Andererseits machen sie mich dankbar, weil ich nach der grauen Zeit bei der Versicherung ein erfülltes Leben geführt habe.

Die Tausende von Fotos sortiere ich nicht nur. Ich suche auch gezielt diejenigen heraus, mit denen ich einen letzten

Kalender herausgeben werde: Fotos von ungewöhnlichen Tierfreundschaften. Ich habe Aufnahmen von dem trauten Zusammensein eines Affen und einer Gazelle, die normalerweise in einem Rudel mit ihresgleichen leben; von einer Antilope, die einträchtig mit einem ihm eigentlich feindlich gesinnten Ozelot ihren Durst an einer Tränke stillt und gemeinsam mit dem Raubtier flieht, nachdem sie meine Witterung aufgenommen haben; von einer Katze, die sich um den verwaisten Nachwuchs von Eichhörnchen kümmert. Noch viele andere Fotos mit solchen Tierfreundschaften schlummern in meinen Kisten und Speichern. Ich werde sie finden.

Einen Verlag habe ich auch schon für diesen Kalender. Mir geht es nicht um ein paar putzige Bilder von Tieren, die sich überraschenderweise nicht töten. Etwas anderes ist mir wichtig. Diese Bilder zeigen, wie Tiere ihre angeborenen Triebe überwinden, weil sie im anderen das Mitgeschöpf sehen. Ein Mitgeschöpf, das einfach nur leben will.

»Ich bin Leben, das leben will, inmitten von Leben, das leben will«, hat Albert Schweitzer gesagt. Das hat für mich auch eine wegweisende Bedeutung für das Zusammenleben von uns Menschen. Wir sind die weiter entwickelten Wesen und fallen dennoch oft hinter die Tiere zurück, indem wir Kriege führen und andere vernichten, nur weil sie nichts anderes wollen, als ebenfalls zu leben wie wir. Die Geschichte der Menschheit ist voll von solchen Kriegen.

Damit wir uns nicht falsch verstehen: Diese Freundschaften zwischen Tieren, die sich von Natur aus als Feinde gegenüberstehen, sind nicht die Regel. Aber sie sind ein Beleg dafür, dass sie in bestimmten Situationen nicht nur ihre angeborene

Aggression überwinden und einander dulden, sondern sich darüber hinaus auch gegenseitig helfen und beschützen. Freundschaft von ihrer besten Seite, hier wird sie uns vorgelebt.

Es bringt nichts, Tiere mit ihrem Selbsterhaltungstrieb zu verklären. Ein Löwe wird die Antilope reißen, solange es Löwen und Antilopen gibt. Schließlich kann sich der Löwe nicht beim Aldi tiefgefrorenes Schweinefleisch kaufen und in der Sonne Afrikas auftauen. Auch bin ich nicht gegen die Jagd oder gegen Fleischverzehr. Aber das Töten von Tieren darf nie aus folgenden drei Gründen erfolgen, die ebenfalls Albert Schweitzer so benannt hat: aus Profitgier, aus Gedankenlosigkeit oder aus Spaß. Wenn wir uns in der Welt umschauen, geschieht das in jeder Sekunde tausendfach. Hier gibt es noch sehr viel zu tun. Vor allem glaube ich, haben wir das Potenzial noch nicht ausgeschöpft, welches das Miteinander von Tier und Mensch bietet.

Ich gebe ein Beispiel: Die Entwicklung des Automobils hat das Zeitalter der Pferde beendet. Wir brauchen das Pferd nicht mehr, um uns fortzubewegen oder um Äcker zu pflügen. Aber noch völlig unterbewertet ist, wie wertvoll die Partnerschaft von Pferd und Mensch für das Seelenleben sein kann. Wir kennen die Delfintherapie bei Autismus, Depression, Angststörungen und Ähnlichem. Ich bin aber sicher, dass es noch viele Therapiemöglichkeiten durch den Umgang mit und die Nähe zu Tieren gibt. Nicht nur die Tiere brauchen uns und unsere Gnade, um weiterhin zu existieren, auch wir brauchen die Tiere für unsere körperliche und seelische Gesundheit. Tiere brauchen auch kein Mitleid, sondern Partnerschaft, genauso wie wir Menschen kein Mitleid brauchen, sondern Partnerschaft. Millionen ältere Menschen haben eine Katze, einen Hund als einziges festes Bezugswesen. Daran sehen wir, dass Mensch und Tier füreinander geschaffen sind und nicht das Tier nur für den Menschen. Trotzdem kaufen diese einsamen alten Menschen, vor allem auch weil sie oft wenig Rente beziehen, das superbillige Fleisch beim Discounter. Dass dieses Fleisch kaum mit einer artgerechten Haltung möglich ist, dürfte unumstritten sein. Mein Ziel ist es, hier mit meinem Kalender und einigen einführenden Worten das Bewusstsein zu schärfen. Ich kann nicht einen Hund als treuesten Gefährten lieben und gleichzeitig mit dazu beitragen, dass Hausschweine und Hühner ein elendes Leben in engen Pferchen und Kästen führen.

Doch ich bin ein alter Mann, die junge Generation muss diesen Faden aufgreifen. So wie sie jetzt mit Freitagsdemonstrationen für den Klimaschutz eintritt, ist sie gefordert, auch für ein wirkliches Tierwohl und die Partnerschaft von Mensch und Tier zu kämpfen.

Ich weiß, diese Thesen teilen viele Menschen nicht. Für sie sind Tiere Gegenstände, die man benutzt, um sie zu schlachten, zu dressieren oder für unser Vergnügen vorzuführen. Aber das ist eine völlig verdrehte Sicht. Darum will ich mit meinen Bildern von Tierfreundschaften die Gedanken anstoßen. Ich will zeigen, welche Wege auf diesem Gebiet uns offenstehen, zu unserem Wohl und dem der Tiere.

KAPITEL 17

Wir hängen beide unseren Gedanken nach. Herr Meindl denkt vermutlich an Gisela, den Ngorongoro-Krater und die Antilope mit dem Ozelot. Ich denke an so vieles gleichzeitig, dass sich mir der Kopf dreht. Vor allem ein Satz von Herrn Meindl wühlt mich auf: *Tiere brauchen kein Mitleid, sondern Partnerschaft, genauso wie wir Menschen.* Mitleid erfahre ich oft, jetzt, wo ich blind bin. Passanten auf der Straße, Kommilitoninnen in der Uni, auch in meinem engsten Freundes- und Familienkreis geht mir das oft so: Wenn jemand nett zu mir ist, habe ich das Gefühl, er oder sie ist aus Mitleid nett zu mir. Genau dieses Mitleid will ich nicht. Dieses Mitleid meinen die, die es zeigen, sicher gut. Aber Mitleid kann auch etwas ungewollt Demütigendes haben. Mit »Selmilein« fängt es an, und mit »Du Arme« setzt es sich fort.

Dieses Mitleid stellt ein Gefälle her: hier die Welt der »Normalen«, der »Gesunden«, der »Sehenden«, und ich, das arme Selmilein in seiner Kapsel der Isolation, in die es mit dem Blindsein geraten ist. Das zieht mich so runter. Mann, Leute, ich will ganz normal zu euch dazugehören! Ich will Solidarität, Akzeptanz, natürlich in einem bestimmten Umfang auch praktische Hilfe, ja, aber nicht so ein verniedlichendes Mitleid.

Ein gutes Beispiel, wie das funktionieren kann, ist Gero. Er hat mir noch nie das Gefühl gegeben, er bemitleide mich. Er holt mich jetzt bei Herrn Meindl ab.

»Gero, danke, dass du mir alle diese Leute vorgestellt hast.«

»Ja, gerne, ich hätte da noch welche …«

»Nein, die Geschichten, die ich bislang gehört habe, genügen mir. Mich interessiert, warum du mir gerade diese Leute vorgestellt hast.«

»Na ja, ich kenne deren Geschichten. Und dachte mir, die könnten dir weiterhelfen, über dich selbst nachzudenken …«

»Aha. Und du hast dich nicht vorher mit denen abgesprochen, dass sie mir ganz bestimmte Dinge erzählen?«

»Nein, warum sollte ich?« Er klingt wirklich verblüfft. »Dann hätte ich sie ja manipuliert. Außerdem kam die Idee zu solchen Gesprächen von dir. Erinnere dich an die leider verstorbene Frau Aumüller …«

»Mir hat das ziemlich viel gebracht, Gero, ehrlich.«

»Und warum möchtest du dann nicht noch mehr solche Lebensgeschichten hören?«

Ich überlege kurz und merke, dass sich die automatische Eingangstür öffnet.

»Weil ich das, was ich gehört habe, sortieren muss. Und ich muss aufpassen, dass ich nicht nur in Geschichten lebe. Ich muss mir eine Gegenwart aufbauen, verstehst du das?«

»Hm, ich ahne, was du meinst. Ich muss jetzt wieder arbeiten.«

Auf dem Nachhauseweg komme ich noch nicht klar mit all dem, was ich gehört habe. Ich muss mir einen Plan machen, das Gehörte zusammenfassen und es mit den anderen Geschichten abgleichen. Ein aufgewühlter Geist braucht klare Strukturen im Kopf. Vielleicht lege ich sogar wieder mal eine Liste an, trage die Erkenntnisse aus allen Erzählungen der alten Menschen in einer Übersicht zusammen. So wie damals auf der Decke im Schwimmbad, vor dem Unfall, als ich mir Pro- und Contra-Listen zu einzelnen Studienrichtungen gemacht habe. Wie wäre es, wenn ich mir die damalige Liste mit vorstelle? Wie wäre es, wenn ich an die damaligen Träume anknüpfe – auch wenn jetzt ein großes Handicap dazugekommen ist.

Mit den Besuchen im Altenheim habe ich die Höhle verlassen. Jetzt muss ich handeln. Mir mein Leben zurückholen. Noch kann ich keinen klaren Weg erkennen. Aber in meinem Kopf ist Aufbruchsstimmung. Nicht zum ersten Mal. Meist fällt sie durch ein Ereignis, das mir meine Blindheit wieder bewusst macht, schnell in sich zusammen. Dieses Mal hält die gute Stimmung hoffentlich länger an.

Noch am selben Abend schreibe ich Herrn Meindls Geschichte auf. Dutzende Male höre ich mir die Aufnahme an, dann verbinde ich die Lebensgeschichte von Herrn Meindl mit meinen Lebensfragen:

Warum ist die Welt so ungerecht?

Ein Löwe frisst eine Antilope. Aber auch ein Löwe ist vor dem tödlichen Angriff eines Nebenbuhlers nicht gefeit. Im Tierreich herrscht ein harter Überlebenskampf. Die stärkeren Tiere setzen sich durch. Ist das ungerecht? Aus Sicht der Schwächeren sicherlich. Aber so ist das in der Natur angelegt. Ist das auf die Menschen übertragbar? Wir sind mit einer höheren Intelligenz als Tiere ausgestattet. Statt uns in Kriegen zu messen und, wie im Tierreich, den Stärkeren zu ermitteln, sollten wir den Schwächeren Schutz bieten. Ereilt jemanden ein schwerer Schicksalsschlag, können wir solidarisch sein, praktische Hilfe geben. Uns ist es möglich, den Überlebenskampf in ein solidarisches Miteinander zu verwandeln. Oder anders ausgedrückt: Uns ist es aufgegeben, das Ungerechte in der Welt, das sich in einem Schicksalsschlag zeigt, abzumildern! Nicht durch verniedlichendes Mitleid (»Selmilein«), sondern durch Solidarität und praktische Hilfe.

Woher bekomme ich nach einem sehr schweren Schlag wieder Mut zum Leben?

Zum Beispiel durch die Partnerschaft mit einem Menschen oder durch die Freundschaft mit einem Tier. Sagt jedenfalls Herr Meindl.

Gibt es das Unsichtbare hinter den sichtbaren Dingen?

Wenn sich eigentlich feindliche Tiere befreunden, wirkt eine unsichtbare Macht. Nennen wir sie *The Spirit of Friendship*. Außerdem gibt es *The Spirit of Love*, wie sich an Frau Brunnbauers Liebe zu ihrem Sohn zeigt. Beide Spirits sind unsichtbar, aber können enorm sichtbare Folgen zeitigen. Genauso wie Herrn Theisens Zahlenmystik und Frau Blumentritts Rucksack der Kindheit.

Als Erkenntnisse notiere ich mir:

1. *Lass Tiere Teil deines Lebens werden.*
2. *Vertrau den unsichtbaren Kräften (Spirit of Friendship, Spirit of Love, Zahlenmystik, Rucksack der Kindheit).*

In der Nacht werfe ich mich unruhig auf meinem Bett hin und her. Lennart hat heute einen Verweis an der Schule bekommen. Sogar mein Vater ist mal wieder bei uns gewesen. Er und meine Mutter haben Lennart ins Gebet genommen. Es gab eine Keilerei auf dem Schulhof. Er war einer der Rädelsführer. Gegenüber meinen Eltern war er verschlossen, hat kaum etwas über die Gründe seines Verhaltens verraten, nur dass er provoziert worden sei. Und dass er sich wehre, wenn man ihn angreife.

Mein Vater wohnt mittlerweile mit seiner Freundin in einer Schwabinger Altbauwohnung. Zwei-, dreimal im Monat besuche ich ihn, meist mit Lennart. Wir unternehmen manchmal etwas. Aber irgendwie liegt über den Treffen etwas Beklemmendes. Auch hat er uns Eva, seine

Neue, vorgestellt. Ich finde sie ganz nett. Aber Lennart verweigert sich ihr, sagt nichts, wenn sie ihn freundlich anspricht. Er grollt unserem Vater, empfindet das Verlassen der Familie als Verrat.

Mir ist mein Vater seit dem Einzug mit Eva in die neue Wohnung ein ganzes Stück gleichgültiger geworden. Die Frage ist, was schlimmer für eine Vater-Kind-Beziehung ist: Groll oder Gleichgültigkeit?

Mein Handy sagt mir, dass es drei Uhr in der Nacht ist. Ich stehe auf, taste mich aus dem Zimmer und gehe die Treppe runter, um mir in der Küche ein Wasser zu holen.

»Kannst du auch nicht schlafen?«, sagt dort meine Mutter. Ich setze mich an den Tisch, wo ich sie vermute.

»Willst du einen Schluck Wein?«, fragt sie mich. Ich lehne ab und frage sie, warum sie hier sitzt.

»Weil ich das Gefühl habe, alles falsch zu machen. Warum ist Lennart so aggressiv? So was kommt doch nicht von ungefähr. Wenn Kinder so ausrasten, hat das doch auch was mit der Erziehung zu tun.«

»Ja, das mag sein. Aber ab einem bestimmten Zeitpunkt ist man auch für sich selbst verantwortlich.«

»Und du meinst, bei deinem vierzehnjährigen Bruder ist das schon so weit?«

»Ach, weiß nicht. Ich würde das mit dem Zoff auf dem Schulhof nicht so schwernehmen.«

Ich höre, wie meine Mutter tief einatmet.

»Vielleicht hast du recht, Selma. Aber ich bin froh, wenn die Konfirmation vorbei ist.«

»Wegen Papa? Und Oma und Opa, die ihn zum ersten Mal nach seinem Auszug treffen?«

Meine Mutter schenkt sich Wein nach und schluckt.

»Ja, hoffentlich gehen die nicht aufeinander los.«

»Die werden sich zusammenreißen, Mama, da bin ich mir sicher. Es geht ja um Lennart.«

Ich gehe wieder in mein Zimmer. Ein paar Stunden schlafe ich noch tief. Dann frühstücke ich nur kurz und setze mich sofort an den Schreibtisch.

Es ist der einundzwanzigste März. Frühlingsanfang. Zeit zu handeln.

KAPITEL 18

Ich gehe die Datei mit den Erzählungen der alten Menschen aus dem Haus Heilig Geist durch. Sie tragen die Namen Stöger, Brunnbauer, Theisen, Blumentritt und Meindl. Die Merksätze, die ich unter die jeweiligen Erzählungen notiert habe, fasse ich in einem eigenen Word-Dokument noch einmal zusammen. Immer wieder gehe ich sie durch. Lebensweisheiten, die mir mehr helfen als alle bislang gehörten Philosophievorlesungen zusammen. Trotzdem habe ich das Gefühl, dass noch etwas fehlt: Sie brauchen noch einen vorausschauenden Einleitungssatz (Vorsatz) und einen resümierenden Schlusssatz (Fazit).

Ich brauche nicht lange zu überlegen, wie diese Sätze lauten. Dem Word-Dokument gebe ich den Namen *Hol dir dein Leben zurück*. Das Dokument hat nun diesen Inhalt:

Vorsatz: Verlass deine Höhle!

1. Wenn du etwas nicht mehr ausüben kannst, überlege, was du sonst noch gut kannst.
2. Hol dir dein Leben zurück.
3. Vergleiche dich nicht mit anderen.
4. Denk nicht immerzu über Schuld, die Ungerechtigkeit der Welt und das Schicksal nach.
5. Lass jeden und jede für sich selbst verantwortlich sein und sein/ihr eigenes Schuldpaket tragen.
6. Verlass dich auf die Liebe deiner Allernächsten.
7. Begib dich in die Natur und unter Leute.
8. Höre anderen charismatischen Menschen genau zu, wenn du Sätze aus Gold finden willst.
9. Beantworte Schläge des Schicksals, indem du dir Träume erfüllst.
10. Arbeite hart an der Erfüllung deiner Träume.
11. Vergiss nicht den Rucksack deiner Kindheit, den Proviant fürs Leben.
12. Suche jemanden, der dir die richtigen Fragen stellt.
13. Schau mehr nach vorne als zurück, schmiede Pläne, geh Risiken ein, gib die Hoffnung nicht auf.
14. Lass Tiere Teil deines Lebens werden.
15. Vertrau den unsichtbaren Kräften (*Spirit of Love, Spirit of Friendship*, Zahlenmystik, Kindheitsrucksack).

Fazit:
Geh durch deine Schwarze Wand oder reiße sie ein.

Noch mehrere Male lasse ich mir die Sätze von der automatisierten Stimme des Computers vorlesen. Eine Stunde später mache ich mir einen Smoothie (das kann ich seit Neuestem, Sonja hat es mir gezeigt) und beginne zu telefonieren.

Als Erstes erreiche ich meinen Vater in der Praxis.

»Stör ich gerade?«

»Nein, schon okay, Selma, was gibt's?«

»Könntest du möglichst bald mit mir zu Sonjas Bekannten fahren? Den mit der Hundeschule.«

»Äh, wegen des Blinden…, also des Führhundes?«

»Ja. Sonja meinte zwar, der Hund, von dem sie konkret sprach, sei mittlerweile vergeben, aber vielleicht gibt es noch andere Hunde, die für mich irgendwann passen.«

Stille. Mein Vater denkt nach. Oder er ist überrascht.

»Ich kann auch Mama fragen«, schiebe ich nach. »Nur kannst du dir eher einen Tag freinehmen. Ist ja eine ganze Ecke weg von München.«

»Klar. Mach ich gerne. Ich bin nur ein bisschen überrascht. Woher kommt dieser Sinneswandel?«

»Ach, Papa, das ist eine lange Geschichte. Viel zu lang zum Erzählen. Zumindest hier am Telefon.«

Wir verabreden uns für den übernächsten Tag. Mit Sonja habe ich über WhatsApp bereits geklärt, dass ihr Bekannter vor Ort ist und für uns Zeit hat.

Als Nächstes rufe ich Mark an, den Poetry-Slammer. Seine Telefonnummer hat mir Julia besorgt. Ein Freundschaftsdienst, den ich gerne in Anspruch genommen habe.

»Kannst du dich noch an mich erinnern? Wir haben nach deinem Auftritt im Club an der Poccistraße miteinander gesprochen.«

»Ja, kann sein.«

Ich vermeide es zu sagen, ich sei die Blinde. Wenn schon andere mich so stigmatisieren, will ich es nicht selbst auch noch tun.

»Du hast mich gefragt, ob ich bei euch mal vorsingen möchte.«

»Jaa, jetzt hab ich's. Klar, willst du mal zu einer Probe kommen?«

»Nein, ich habe mir das überlegt. Mit dem Singen, da bin ich, glaub ich, nicht gut genug. Aber ich würde dich trotzdem gerne treffen. Ich hätte ein Anliegen.«

Wir verabreden uns gleich für den nächsten Tag.

Als Nächstes rufe ich die Pfarrerin an, die Lennart konfirmieren wird. Sie ist nett, freut sich über meinen Anruf und gibt mir einen Termin. Ich weiß, dass sie einen schweren Schicksalsschlag erlitten hat. Sie hat ein kleines Baby und ist schon verwitwet, ihr Mann ist bei einem Autounfall wenige Tage nach der Geburt des Kindes ums Leben gekommen. Das ist jetzt zwei Jahre her. Jetzt ist sie mit einer Teilzeitstelle im Dienst. Sie weiß von Lennart, dass ich blind bin. Vielleicht kann sie mich, weil sich ihr Leben auch durch einen Autounfall komplett verändert hat, gut verstehen.

Mein letzter Anruf geht an Ferdinand, den alle nur Ferdi nennen. Er war bei mir in der Seminarstufe, allerdings hatte ich wenig Kontakt zu ihm. Von Julia habe ich erfahren, was er nach dem Abitur macht. Mit seinem Vater zusammen war er schon früh in die Imkerei eingebunden. Beim Volksbegehren »Rettet die Bienen« hat er an unserer Schule im Lehrerkollegium und unter den älteren Schülerinnen und Schülern viele Unterschriften gesammelt. Jetzt will er eine Ausbildung zum Berufsimker machen.

»Hi, Ferdi, hier ist Selma«, sage ich. Auch seine Nummer hat mir Julia besorgt. »Ich wollte dich mal fragen, ob man Bienen pachten kann.«

»Pachten?«

»Ich meine, wir haben hier in Gern für Münchner Verhältnisse einen richtig großen Garten. Da könnten gerne Bienenstöcke stehen.«

»Willst du imkern?«

»Nein, ich glaube, das kann ich nicht. Du weißt ja …«

»Weil du blind bist?«

»Ja.«

»Hm, ist vielleicht wirklich schwierig.«

»Aber kann nicht ein Imker sich zusätzliche Völker zulegen und die bei uns aufstellen? Ich würde dann einen Blog machen und alle paar Tage schreiben, wie ich die Bienen erlebe, ihr Summen und Surren, den Geruch des Gartens, der Blüten, eine Art akustisches und olfaktorisches Tagebuch.«

»He, Selma, das klingt ja cool. Das würde unsere Kampagne natürlich wesentlich verstärken, wenn du als Blinde, also, ich meine …«

»Nein, Ferdi, meine Erblindung sollten wir nicht als Marketingstrategie nutzen. Mir geht es um die Bienen, um den Erhalt unserer Natur. Ich habe ein Hörbuch gehört. *Die Geschichte der Bienen* von Maja Lunde. Das hat mich fasziniert. Deswegen möchte ich etwas für die Bienen tun.«

»Okay. Aber wenn du ein akustisches und olfa-was?

»Olfaktorisches!«

»Also, wenn du so ein Tagebuch schreibst, fragt sich doch jeder, warum diese Form des Blogs.«

»Ich habe ja nichts dagegen, wenn nebenbei *auch* klar wird, dass ich blind bin. Aber ich will es nicht auf dem Tablett vor mir hertragen, ja?«

»Verstehe. Okay. Ich kenne da sogar eine Frau, die Bienen auf ihrem Grundstück in der Pfälzer-Wald-Straße hat, das sie jetzt aber räumen muss. Man hat der Frau Meyer-Rüsch wegen Eigenbedarf gekündigt. Für ihre Bienenstöcke wäre das bei euch vielleicht eine echte Alternative. Sie hat acht Völker. Das sind etwa vierhunderttausend Bienen.«

»Sprichst du mit ihr, Ferdi?«

»Mach ich.«

»Und ich rede auch mit meiner Mutter. Sie weiß von den Plänen noch nichts.«

»Na, du bist gut. Soll ich nicht vielleicht erst mal warten, bis sich deine Mutter geäußert hat? Sonst machen wir die Andrea, also Frau Meyer-Rüsch, heiß, und es wird dann doch nichts.«

»Nein, bitte frag die Frau. Meine Mutter wird zustimmen. Hundertprozentig.«

Wir beenden das Gespräch. Mir ist etwas eingefallen,

warum ich so ziemlich sicher bin, dass meine Mutter zustimmen wird. Das Haus haben wir von den Eltern meines Vaters geerbt. Meine Mutter, Lennart und ich dürfen darin wohnen bleiben, zumindest bis wir Kinder ausziehen. Bei mir kann das dauern, ich habe mich mit meinem Stock an die Umgebung gewöhnt, komme gut zur Uni, kann aber nicht einfach mal so umziehen, wie das für Sehende möglich ist. Auch verdient mein Vater in seiner Praxis genug Geld und ist nicht auf diese Mieteinnahmen angewiesen. Er hat noch zwei weitere Wohnungen im Stadtgebiet, eine vermietet er, in der anderen wohnt er jetzt mit seiner Freundin. Gut möglich, dass bei einer Trennung meine Mutter das Haus behalten darf, auch wenn es sein Elternhaus ist.

Dieses Haus ist mein Zuhause, und soll es noch viel mehr werden. Die Engländer sagen: My home is my castle. Ich brauche einen sicheren Ort, an dem ich jede Ecke und jede Stufe kenne und wo ich mich ohne Angst vor Überraschungen und Verletzungen bewegen kann.

Aber nicht nur in diesem rein praktischen Sinne meine ich das. Das Haus ist auch ein Stück Proviant der Kindheit, den ich in den Rucksack für die Lebensreise mitnehme. Ich kann mir das Aussehen des Hauses gut ins Gedächtnis rufen: die eichene Eingangstür, die von griechischen Halbsäulen gerahmt ist, das dezente Goethegelb des Anstrichs, die neogotischen Stuckornamente an den Fenstern des ersten Stocks. Und eben der Garten dahinter voller Büsche, einem knorrigen Kirschbaum und wilden Blumen. Ein Paradies für Bienen, in deren

Radius auch der herrliche Nymphenburger Park mit seinem reichen Baumbestand liegt. Die Bienenstöcke werden, wenn alles klappt, unter dem Kirschbaum stehen, und der Rasen drum herum verwildert zu einer Bauernwiese. Die Bienen sind vielleicht nur der Anfang. Ein Kräutergarten mit betörenden Düften könnte die nächste Stufe sein, dann ein Teich. Warum nicht ein Biotop anlegen, das mitten in der Großstadt ein Muster an Artenvielfalt bietet, ein Biotop, das ich durch das Summen der Tiere und das Duften der Pflanzen intensiv wahrnehme? Und ich bin Teil des Gartens, der Natur, ganz im Sinne von Albert Schweitzer (danke, Herr Meindl, für das Zitat, das mich sehr beeindruckt): »Ich bin Leben, das leben will, inmitten von Leben, das leben will.«

Ich spüre die ersten warmen Frühlingsstrahlen auf der Haut und habe mir einen Holzstuhl ein paar Meter weg von der künftigen Einflugschneise der Bienen gestellt. Von ihm aus werde ich in die Natur hineinhören und -riechen. Ein akustisches und olfaktorisches Tagebuch ist eine Herausforderung. Aber eine, auf die ich mich freue.

Am Abend spreche ich mit meiner Mutter. Sie ist nicht nur hellauf begeistert von meiner Idee, sie fragt auch gleich: »Meinst du, der Ferdi könnte mir das Imkern beibringen? Dann hätte ich einen Ausgleich zu meinem Job in meinen dunklen Räumen in der Pinakothek. Und tue was Gutes für die Umwelt.«

»Mama, das wird er bestimmt.«

Einen Augenblick denke ich an die frühe Liebe meiner Mutter, an Timo, diesen Liedermacher. Sie hat mir erzählt, er habe sein ganzes Geld für die Imkerei ausgegeben. Ich hatte bei Ferdis Anruf die Intuition, sie würde von der Idee mit den Bienen auch wegen dieses Timos begeistert sein. Hat nicht auch meine Mutter einen Proviant aus lange zurückliegenden Zeiten, der ihr jetzt hilft, die schwierige Zeit der auseinandergehenden Ehe zu überstehen? Ich bin mir ziemlich sicher, dass dem so ist.

Am nächsten Tag treffe ich mich wie vereinbart mit Mark. Ich habe ihn um etwas gebeten und bekomme es auch von ihm.

Und dann steht der Tag in der Hundeschule an. Ich bin aufgeregt. Aber insgesamt läuft es bisher mit meinen Aktionen gut, das beruhigt mich etwas. Innerhalb kürzester Zeit habe ich meinem Leben neue Impulse gegeben: die Bienen, der Termin mit Mark, jetzt die Hundeschule. Der Stillstand, die Lethargie sind vorbei, ich nehme die Dinge in die Hand, bin aktiv, gestalte mein Leben selbst. Ich bin keine Getriebene mehr, sondern treibe die Dinge selbst voran.

Das alles hat, wie ich merke, etwas ungemein Befreiendes. Mir wachsen Flügel. In einem Leben mit Flügeln schafft man vielleicht nicht alles, aber viel, sehr viel. Das Leben kann gut werden, auch für mich, trotz der Schwarzen Wand. Durch sie will ich ja hindurch. Oder, noch besser, ich reiße sie ein. Ich weiß jetzt, dass die Wand nicht von alleine einstürzt. Nicht, wenn ich auf dem Sofa liege und Trübsal blase. Ich muss mich mit meiner Lebenskrise, meinem Trauma konfrontieren. Ich muss auf die Schwarze Wand zugehen wie David gegen Goliath und ihr zurufen: Du bist schrecklich, du nimmst mir seit Monaten meine Lebensfreude, du bist schwarz, mächtig, gewaltig. Aber ich weiß jetzt, dass ich stärker bin als du. Ich nehme den Kampf mit dir auf.

KAPITEL 19

Aufgeregt bin ich. Weil ich nicht weiß, wie das mit einem Hund sein wird, der mich anbellt oder der mich mit seiner Schnauze anstößt, wenn ich ihn nicht sehe. Aber vielleicht rührt die Nervosität auch von einer dieser Vorahnungen her, die einem im Nachgang so vorkommen, als hätte man schon gleich gespürt, dass da was nicht stimmt.

Abgehackte Schreie eines Mannes, immer wieder ein Zischen in der Luft, infernalisches Bellen, das in ein demütiges Winseln übergeht.

»Papa, was passiert da gerade?«

»Komm, hierher, ich drücke jetzt mal die Klingel an der Eingangstür.«

Die Melodie, die gleich darauf ertönt, löst ein infernalisches Kläffkonzert aus. Dutzende Hunde müssen es sein, die wild durcheinanderbellen. Dann wieder ein scharf gebrüllter Befehl, und langsam legt sich die Aufregung unter den Hunden.

»Was ist los?«, kommt es aus einiger Entfernung von der Stimme, die zuvor die Hunde angeherrscht hat.

»Thierer«, ruft jetzt mein Vater mit erhobener Stimme. »Uns schickt Frau Ziemer.«

»Moment!« Es dauert eine Weile, dann kommen Schritte näher, die auf Schuhe mit Stahlsohlen hindeuten.

»So! Habe die Ehre, Herrschaften! Was wollen Sie bitte schön? War ja kein Wort zu verstehen bei dem Krach hier!«

Wie zur Bestätigung kläfft in der Ferne ein Hund noch einmal auf, verstummt aber sofort wieder, als kein anderes Tier seinen Ruf erwidert.

»Wir kommen von Frau Ziemer. Sonja Ziemer. Sie ist die Trainerin meiner Tochter hier.«

»Aah, ja, servus, habe die Ehre, junge Frau! Von Ihnen habe ich schon viel gehört!«

Ich ziehe es vor, nicht zu reagieren. Selten ist mir ein Mensch auf Anhieb so unsympathisch. Ich merke, wie er nach meiner Hand greift, und erwidere den Druck nicht.

»Ja, sauber, einen Blindenführhund suchen Sie. Da sind Sie bei mir genau richtig. Die Sonja meinte, es müsse unter Umständen schnell gehen.«

»Ja, sie sagt, Sie hätten vielleicht einen fertig ausgebildeten Hund da«, ergänzt mein Vater, obwohl er weiß, dass der Hund der Tastuntersucherin mittlerweile vergeben ist.

»Tja, wenn das so einfach wäre«, erwidert der Leiter der Hundeschule Grabowski. Vermutlich heißt er so, noch nicht einmal vorgestellt hat er sich. »Ich hätte eine schöne Labradorhündin, die ist aber erst in einem halben Jahr so weit.«

Eine Pause tritt ein. Ich vermute, mein Vater schaut mich an und erwartet eine Reaktion von mir.

»Die Hündin ist ein gutes Tier. Aufmerksam, lernfähig und vor allem, haha …«, der mutmaßliche Herr Grabowski lacht auf, »… demütig. Na ja, hat ein bisschen Härte und ein paar Kämpfe gebraucht, bis ich ihren Willen gebrochen hatte.«

Den Willen gebrochen. Ich erstarre. Vielleicht kenne ich mich nicht aus, aber muss einem Führhund der Wille gebrochen werden, damit er einen blinden Menschen auf die notwendige Weise unterstützen kann?

»Kommen Sie, junge Frau«, sagt der mutmaßliche Grabowski, »ich zeige Ihnen das edle Teil.« Wieder gibt er sein blechernes Lachen von sich. Ich hake mich bei meinem Vater ein, und wir gehen über ein leicht ansteigendes Gelände, vermutlich Rasen.

»So, da haben wir die Gute!« Ein aufgeregtes Winseln ist zu hören. Ich merke, wie etwas um meine Beine streicht. Meine Hand greift nach unten und spürt den feuchten Schleim einer offenen Hundeschnauze.

»Sitz!«, brüllt der mutmaßliche Grabowski so laut, dass ich zusammenzucke. Er erklärt uns den Stammbaum der Hündin, seine bisherigen Erziehungsmaßnahmen, die mich in manchem an Folter erinnern. Wie seinen eigenen hat er auch den Namen der Hündin nicht genannt.

»Wie heißt sie?«, frage ich vorsichtig.

»Äh, warten Sie, junge Frau«, warum nennt er mich immer *junge Frau,* auch ich habe einen Namen, »damit ich nichts Falsches sage, bei täglich wechselndem Hundebestand kann man da schon mal was verwechseln, haha …« Er blättert irgendetwas durch. »Ah hier, das ist die Luna! Luna, Fuß! … Fuß, sag ich, ja hörst du nicht, Fuß!!!«

Ein Winseln ist zu hören, mehr ein Aufheulen. Hat er Luna etwa geschlagen?

»Also, wenn Sie an diesem Tier interessiert sind, bräuchte ich die Kostenübernahmeerklärung der Krankenkasse. Dann würden wir das Tier weiter ausbilden. In circa einem halben Jahr beginnt dann die Einarbeitungszeit, die dauert circa vierzehn Tage. Da kommen entweder ich oder ein Mitarbeiter von mir täglich bei Ihnen vorbei. Ja, und dann gibt es die Gespannprüfung. Da sind dann drei Leute da, jemand von der Krankenkasse, jemand vom Verband und ein Hundetrainer, die schauen sich dann an, wie das so läuft zwischen Ihnen, junge Frau, und der Bonny.«

»Bonny?«, frage ich verwirrt.

»Äh, sorry«, wieder raschelt Papier, »der Luna.«

Mit meinem Vater verlasse ich bald darauf das Gelände. Kaum im Auto, bricht es aus mir heraus.

»Papa, das ist doch ein Tierquäler.« Ich kann nur mühselig meine Tränen zurückhalten.

»Nein, das kann man so nicht sagen, Selma. Der hat seine Erziehungsmethoden. Ich habe mir mal seine Seite angeschaut. Der ist seit vielen Jahren im Geschäft und hat beste Ergebnisse. Er bildet auch Spürhunde für Polizei und Bundeswehr aus.«

»Pah! Beste Ergebnisse! Dafür, dass er Tiere verbogen und in ihrer Seele zerstört hat. Oder wie nennt er das? Den Willen brechen!«

Wir streiten uns. Aber ich spüre, wie mein Vater mich irgendwie auch versteht. Ihm waren das Umfeld und das Auftreten des Hundelehrers ebenfalls nicht geheuer.

»Weißt du was, Selma? Wir rufen jetzt mal die Sonja an.«

Über die Freisprechanlage klingelt es bei ihr an. Im Wechsel erzählen mein Vater und ich Sonja, was wir gerade erlebt haben. Sonja hat Verständnis, weist uns allerdings darauf hin, dass sie den Hundetrainer nicht persönlich kennt, sondern nur immer wieder am Telefon mit ihm gesprochen hat. Die Hunde, die aus seiner Schule an Blinde kamen, seien sehr gute Tiere.

»Aber wenn du zu ihm kein Vertrauen hast, Selma, hat es keinen Sinn.«

Und jetzt?, denke ich mir. Da habe ich mich aufgerafft, zu dieser Hundeschule zu fahren, habe mir ausgemalt, wie das wohl mit dem Hund laufen könnte, habe Herrn Meindls Worte von der Mensch-Tier-Beziehung im Ohr und meinen daraus abgeleiteten Vorsatz »Lass Tiere Teil deines Lebens werden« – und jetzt das! So ganz leicht spüre ich den Old Faithful in mir köcheln, bin gar nicht so weit davon entfernt, wieder alles hinzuschmeißen.

»Selma, lass mich nachdenken, ich rufe gleich zurück«, sagt Sonja und beendet das Gespräch.

Auf meinem Handy ist eine Sprachnachricht angekommen.

»Hallo, hier ist Ferdi. Du, Selma, gute Nachrichten, die Frau Meyer-Rüsch ist von deinem Vorschlag begeistert, ihre Bienen bei euch unterzubringen. Echt cool. Sie würde die Imkerei dort übernehmen, bräuchte halt einen Zugang zum Garten. Und vom Honig will sie die Hälfte dir und deiner Familie überlassen. Finde ich alles megacool! Also, wenn du einverstanden bist, meldet sich Frau Meyer-Rüsch bei dir. Du kannst sie auch, glaub ich, einfach nur Andrea nennen. Die ist megacool. Und auf dein akustisches und … äh zoologisches … ja, also auf dieses Tagebuch, diesen Blog, freue ich mich schon jetzt. Der wird durch die Decke gehen. Und dann lässt du dir das sponsern. Von irgendwelchen Umweltverbänden. Ich habe da gute Connections. Ich sehe das schon kommen, du wirst noch Bayerns Bienenflüsterin. Also, servus derweil, ich freue mich total, mach's gut!«

Puh, Ferdi, du bist mein Retter! Nach so einer Nachricht wachsen mir wieder Kräfte. Hätte Ferdi mir abgesagt, wäre das für mein kleines Pflänzlein Lebensmut vielleicht zu viel gewesen. Erst die Hundeschule ein Flop, dann die Bienen – wenn ich gleich am Anfang meines Aufbruchs zu viele Niederlagen erlebe, kann mich das komplett und endgültig ausbremsen. Jetzt aber habe ich mit dem Treffen mit Mark und mit Ferdi zwei Erfolge, mit der Hundeschule einen Misserfolg. Zwei zu eins, das ist okay. Danke, danke, Ferdi, und vergelt's Gott für die gute Nachricht mit dieser Andrea! Und danke, lieber Herr Meindl, ohne Ihre Erzählung wäre mir die Idee mit den Bienen nicht gekommen!

»Habe ich das richtig verstanden, du willst Bienen züchten, Selma?«

Mein Vater kann sein Erstaunen nicht verbergen. Er klingt, als habe ich mich für eine Karriere als Seiltänzerin entschieden. Aber er wagt es nicht, Bedenken anzumelden, als ich ihm erkläre, wie der Deal mit Andrea Meyer-Rüsch aussieht. Dazu trete ich viel zu selbstbewusst auf, jetzt, nach Ferdis Anruf. Eine einzige kleine gute Nachricht kann manchmal das halbe Leben retten.

Wir sind auf der Autobahn fast im Münchner Stadtgebiet, als sich Sonja wieder meldet.

»Hallo, Herr Thierer, hallo, Selma, ich habe mit einer Kollegin gesprochen. Ich habe eine Lösung gefunden.«

Sie erzählt von einer neuen Hundeschule in Neuburg an der Donau, eine gute Stunde von München entfernt. Die Leiterin der Schule habe ein ganz neues Konzept für die Hundeerziehung. Ausschließlich über positive Verstärkung und Clickertraining.

»Ich lese mal vor, was auf der Homepage steht: ›Es erwartet Sie ein freundlicher Umgangston sowie gutes, faires und freundschaftliches Training gegenüber dem Tier.‹ Na, das klingt doch schon besser, oder?«

Sie gibt uns die Adresse durch.

»Ich ruf da gleich mal an«, sagt mein Vater und fährt an den Straßenrand. Die Frau, mit der wir sprechen, heißt Verena und klingt sehr jung. Vielleicht ist das der Grund, warum sie uns gleich sagt, wie viele Gespanne sie schon eingeschult hat. Und es sind eine ganze Menge.

»Können wir gleich vorbeikommen?«, fragt mein Vater und bringt jetzt mich ins Staunen. Er hat mir schon oft geholfen, aber so engagiert wie heute habe ich ihn seit der Schwarzen Wand noch nicht erlebt.

Als wir in Neuburg eintreffen, kommt mir Verena sofort vor wie Sonja: ein Sonnenschein für geplagte Seelen, menschliche und tierische. Den Eindruck habe ich schon bei unserer ersten Begegnung. Sie kann uns auch eine ausgebildete Labradorhündin in Aussicht stellen: Cora, deren Besitzerin sie abgibt, weil diese Frau wegen beginnender Demenz in ein Heim ziehen wird.

»Ich habe Cora ausgebildet. Ich glaube, ihr passt sehr gut zusammen. Und wenn das alles so läuft, wie wir uns das jetzt vorstellen, Selma«, (sie nennt mich beim Vornamen, Herr Grabowski!), »dann werde ich schon bald bei euch aufschlagen und mit dir das Training für die Gespannprüfung aufnehmen. Bei dir in der Nähe gibt's hoffentlich auch einen schönen Biergarten!«

»Oh ja, den gibt's, der Taxisgarten, da lauf ich immer dran vorbei, wenn ich zu meinen Alten gehe.«

»Deinen Alten? Meinst du deine Eltern?«

»Nein, das würde ich mich doch nicht trauen, wenn Papa neben mir steht.«

»Aha, das machst du also nur in meiner Abwesenheit«, mischt sich mein Vater ein.

»Nein, Papa, meine Alten, so nenne ich liebevoll und respektvoll meine Erzähler und Erzählerinnen.«

»Weeeen nennst du so?« Die Stimme meines Vaters ist ein einziges Fragezeichen.

»Kennst du ältere Menschen, die dir aus ihrem Leben erzählen, Selma?«, nimmt Verena den Faden wieder auf.

»Ja, die wohnen gleich bei uns um die Ecke.«

»Okay, und wie bist du an die gekommen?«

»Also, Verena« (ich sage ihren Vornamen, Herr Grabowski, na, klingelt da was bei Ihnen?), »vermittelt hat mir die Gero. Der ist Altenpfleger.«

»Und was erzählen die so?« Verena stellt Fragen. Das tun viele Menschen nicht. Reden nur von sich. Die Grabowskis dieser Welt.

»Was die erzählen? Na, das sind jedenfalls die Obercoolsten. Herr Stöger zum Beispiel, der hat ... und die Frau Blumentritt ... und der Herr Meindl erst ...«

Fast zwei Stunden verbringen wir an diesem Frühlingstag in der Hundeschule, trinken Limo, ohne die gebrüllten Befehle eines Herrn Grabowski an die Hunde hören zu müssen. Mein Vater ist ziemlich einsilbig geworden. Im Auto sagt er zwei Sätze, die mir klarmachen, warum.

»Selma, wenn ich das mal so sagen darf, ich habe das Gefühl, du hast eine Verwandlung gemacht. Als ob du deinen Kokon abgestreift hast und jetzt als bunter Schmetterling umherfliegst.«

Ich lache laut auf.

»Hach, Papa, jetzt weiß ich, wo ich meine poetische

Ader herhabe. Ich habe den Kokon abgeworfen und fliege als bunter Schmetterling umher. Wie genial ist das denn!«

KAPITEL 20

Der Organist zieht alle Register, zeigt, was die Orgel hergibt. Die Gemeinde erhebt sich. Jetzt ziehen die Konfirmandinnen und Konfirmanden ein.

Der Duft von herbem Parfüm. Raschelnde Liedblätter. Aufgeregtes Flüstern.

Ich versuche mir Lennart vorzustellen, wie er mit flackerndem Blick zu uns schaut, während er an der Seite eines anderen Konfis einzieht. Erst die Mädchen, dann die Jungen, alle in Zweierformation. So war es jedenfalls bei mir. Damals trug ich zum ersten Mal Schuhe mit hohen Absätzen. Und ein weinrotes Kleid mit verzierten Fransen, ärmellos, darüber eine schwarze Weste. Schon in aller Frühe hatte mir meine Mutter geholfen, meine blonden, leicht gelockten Haare raffiniert hochzustecken und etwas Schleierkraut und kleine rote Röschen hineinzuflechten. »Wie eine Königin siehst du aus«, sagten fast alle bei der Feier später, auch weil ich an diesem Tag im Mittelpunkt stand und jeder mit mir auf ein Foto wollte.

Wer möchte nicht mit einer Königin verewigt werden, haha!

Die Orgel stößt ein letztes, lang anhaltendes Tutti aus, wir setzen uns. Die Pfarrerin begrüßt die Konfis, die Eltern, die Geschwister, die Omas und Opas und so weiter. Dann beginnt das erste Lied. *Danke für diesen guten Morgen*. Begleitet wird es von einer Jugendband.

»Das haben wir schon bei meiner Konfirmation gesungen«, flüstert mir meine Mutter zu.

Ich sitze zwischen meinen Eltern, wie ein Puffer. Zum Glück hat mein Vater darauf verzichtet, seine Freundin Eva mitzubringen. So viel Sensibilität hat er dann schon. Nicht dass ich Eva nicht leiden kann, aber Lennart ist ihr gegenüber nach wie vor zurückhaltend. Bei so einer Feier wäre sie das personifizierte Sinnbild für das Scheitern der Ehe meiner Eltern und eine Provokation für die Eltern meiner Mutter, die aus Nürnberg angereist sind. Sie und mein Vater haben sich freundlich begrüßt. Ich bin optimistisch, dass sich alle heute zusammenreißen und sich die aufgestauten Aggressionen nicht an Lennarts großem Tag entladen.

Die Predigt der Pfarrerin ist emotional, klug und mit Aussagen der Konfis aus den Unterrichten gespickt. Man merkt, dass sie die Konfis und ihren Beruf mag. Und das, obwohl sie selbst ein so schweres Schicksal zu tragen hat. Ihr scheint der Glaube tatsächlich zu helfen, das alles auszuhalten.

Mir nicht, denke ich, während von der Empore der Kirchenchor ein Lied anstimmt. Ein sehr altes Lied muss das sein, *Alta Trinita Beata* verstehe ich. In diesem Augenblick ergreift etwas mein Herz, das ich mir nicht erklären kann. Ist es, weil dieses Lied auch an meiner Konfirmation gespielt wurde? Ist es, weil ich mich in diesen Sekunden an die glückliche Zeit vor der Schwarzen Wand erinnere? Oder ist es angesichts dessen, was ich gleich vorhabe zu tun? Oder – was ich in diesem Augenblick nicht mehr ganz ausschließe – ist es Gott, der mich direkt packt und bewegt? Mein ganzer Körper zittert, es gelingt mir nur mühsam, nicht in Tränen auszubrechen. Vom lateinischen Text verstehe ich kein Wort, komisch, diese Wirkung.

Erst als der Chorgesang ausklingt, habe ich mich wieder im Griff. Das ist auch gut so. Denn jetzt gehen die Konfis vor und werden eingesegnet. Als Lennarts Name aufgerufen wird, merke ich Bewegung in unserer Bank. Mein Vater und einige Onkels und Tanten haben, so vermute ich, ihre Handys gezückt und halten den Augenblick fest, wenn die Pfarrerin den Segen über ihn spricht. Die Prozedur dauert ihre Zeit, und meine Anspannung wächst.

Endlich sind alle sechzig Konfis durch. Sie sind gesegnet, sitzen auf ihren Plätzen. Ruhe ist eingekehrt. Auf dem Programm steht, so hat man mir gesagt, vor dem Abendmahl *Ein Gastbeitrag*. Die Pfarrerin kündigt an, es komme jetzt etwas Besonderes. Ich höre, wie ihre Schritte durch die Kirche hallen und auf mich zukommen. Mein Herz rast, ich habe die Situation unterschätzt. Doch ich denke an die Worte von Mark, den ich in den letzten Wochen mehrmals getroffen habe, seine klugen Ratschläge.

»Komm, Selma, gib mir deine Hand«, flüstert die Pfarrerin mir jetzt zu. Sie hat mir bei unserem Treffen vor ein paar Wochen das Du angeboten. Sie führt mich nach vorne, dort, wo der Altar ist. Wir drehen uns um.

»Das ist Selma, die Schwester von Lennart, einem unserer Konfirmanden«, ruft sie in den Kirchenraum und steckt mir gleichzeitig ein Mikro an. Es herrscht absolute Stille. »Sie hat ein Gedicht geschrieben, das sie unseren Konfis widmet.«

Ich höre das Blut in meinen Ohren rauschen. Aber ich will und werde das schaffen, sage ich mir. Erst mal ein paar einfache Sätze sagen, das beruhigt, schafft Selbstsicherheit. So hat es mir Mark beigebracht.

»Hallo, ja, ich bin also die Selma.« Ich lache nervös. »Bevor ich das Gedicht aufsage, wollte ich mich bedanken. Zum einen bei dir, Christiane, dass du das möglich machst.« Ich schaue dorthin, wo ich die Pfarrerin vermute. »Und dann möchte ich mich bei einigen älteren Menschen bedanken, die eigentlich heute auch hier in der Kirche sein müssten. Ich meine Herrn Stöger, Frau Brunnbauer, Herrn Theisen, Frau Blumentritt und Herrn Meindl.«

»Alle vorhanden«, ruft eine Stimme aus dem hinteren Teil der Kirche, und ich erkenne sie als diejenige Geros. Die Gemeinde lacht wegen seiner Formulierung. Das ist gut, lockert alles etwas auf. Und weil ich weiß, dass Gero da ist, geht auch meine Nervosität etwas zurück.

»Ja, also, diese Menschen haben mir in der letzten Zeit sehr geholfen. Das hört ihr jetzt gleich in dem Gedicht.«

Ich räuspere mich, gehe still ganz kurz die erste Strophe durch wie ein Skifahrer, der vor dem Start den Slalom noch mal im Kopf fährt. Dann greife ich nach meiner Sonnenbrille. Ich trage sie immer, damit ich an meinen Gesprächspartnern nicht scheinbar vorbeischaue und diese dadurch irritiere. Jetzt sitzt oder steht nicht eine einzelne Person mir gegenüber, zu der ich spreche, sondern viele Menschen in den sicher voll besetzten Kirchenbänken. So dürfte niemand sich wundern, dass ich ihm nicht direkt in die Augen schaue. Die Sonnenbrille ist mir aber darüber hinaus auch ungewollt zu einem Symbol geworden: für den Versuch, mein Blindsein vor anderen zu verstecken, für meine Scheu vor anderen Menschen, für mein Leben in der Höhle. Dieses abgeschottete Leben möchte ich hinter mir lassen und einen großen Schritt in Richtung eines freien und selbstbestimmten Lebens machen. Kurz zögere ich, dann ziehe ich die Sonnenbrille zum ersten Mal seit der Schwarzen Wand außerhalb meines Wohnhauses ab. Das Publikum kennt diese Hintergründe nicht. Aber für mich und mein Seelenheil ist eine solche symbolische Handlung wichtig.

»Das Gedicht heißt *Nimm alles mit*«, sage ich, räuspere mich noch mal und rede und gestikuliere dann so, wie ich es mit Mark einstudiert habe.

Nimm alles mit und pack's in deinen Rucksack ein.
Als junger Mensch leb intensiv, später wirst du dafür dankbar sein.

Die Welt ist groß und weit, und manchmal weiß man gar nicht, wie man sie für sich erobern kann.
Mach ich Sport, chill ich nur rum oder empfehl ich mich mit Hip-Hop-Sprechgesang.
Wichtig ist, sich auszuprobieren, Gaben studieren, auch mal Zeit deswegen verlieren.
Nur wer aufbricht, ist davor gefeit, einfach nur so dahinzuvegetieren.
Und versuch nicht, dich immer mit anderen zu vergleichen.
Fokussier dich auf dich, dann wirst du viel erreichen.

Die Welt ist groß und weit und manchmal weiß man gar nicht, wie man sie für sich erobern kann.
Du kommst auch in Nöte, dir wird mal angst und bang.
Mach dir bewusst, du kannst dein Leben lang auf deine Eltern zählen,
Selbst wenn sie später für sich ein getrenntes Leben erwählen.
Daneben verlass dich auf deine Geschwister und auf gute Freunde.
Auf alle, die dir beistehen, vielleicht in schweren Zeiten auch auf deine Kirchengemeinde.

Die Welt ist groß und weit, und manchmal weiß man gar nicht, wie man sie für sich erobern kann.
Leb deine Träume, arbeite hart an ihnen, nach Rückschlägen fang damit von vorne an.
Planen, riskieren, hoffen, halt dir viele Lebenswege offen,
Auch wenn sich deswegen deine Leute mit dir zoffen.
Du wirst Fehler machen, Schuld auf dich laden.
Dann erkenn die Schuld an, und du kannst von Neuem starten.

Die Welt ist groß und weit und manchmal weiß man gar nicht, wie man sie für sich erobern kann.
Dir wird es gelingen, wenn du bedenkst, manchmal ist Zuhören dran.
Such dir auch Menschen, die dir mal Fragen stellen.
Dir nicht nur von sich selbst immer das Beste erzählen.
In guten Gesprächen werden Sätze aus Gold entstehen.
Mit ihnen kannst du ruhiger und selbstbewusst durchs Leben gehen.

Nimm alles mit und pack's in deinen Rucksack ein.
Als junger Mensch leb intensiv, später wirst du dafür dankbar sein.
Sei dankbar für das Geld, das dir deine Leute nachher schenken,
Doch solltest du bei all dem Materiellen und Sichtbaren bedenken:
Es gibt Dinge, die nicht mit Geld zu bezahlen sind.

Sie schenken dem Leben den eigentlichen Sinn.
Vertrau den unsichtbaren Kräften, nimm sie als Proviant fürs Leben mit.
Ich nenn sie Spirit of Love und Sprit of Friendship.

Nimm alles mit und pack's in deinen Rucksack ein.
Als junger Mensch leb intensiv, später wirst du dafür dankbar sein.

Ich schwitze am ganzen Körper. Sicher habe ich ein feuerrotes Gesicht. Beim Vortrag bin ich einmal an einen Stuhl gestoßen, auf dem vermutlich ein Konfirmand sitzt. An einer Stelle gab es auch mal lautes Lachen in der Gemeinde, als ich sagte, die Konfis sollten dankbar sein für das Geld, das sie nachher geschenkt bekommen. Aber jetzt ist es still, gespenstisch still. Ich habe es vergeigt, zwei-, dreimal habe ich gestockt, und der Text, meine Güte, voll daneben …

In diese Gedanken hinein höre ich ein einzelnes Klatschen aus dem hinteren Teil des Kirchenraums (das ist Gero, da bin ich mir sicher), und dann hebt ein Applaus an, der mich in eine andere Sphäre beamt. Wie ich später erfahre, sind alle in der Kirche aufgestanden, während ich gespürt habe, wie sich Lennart an mich drängelt und mir irgendwas von Schwesterherz ins Ohr schreit. Christiane, die Pfarrerin, bringt mich zu meinem Platz zurück. Auf dem Weg dahin höre ich warme Worte von einer Stimme, die mir sehr vertraut ist: Sonja! Ihr habe ich von meinem Auftritt erzählt und ihr auch einmal zur Probe das Gedicht aufgesagt. Aber dass sie hier in die Kirche kommt, um mich live zu erleben, das hätte ich nie und nimmer erwartet. Wie mich das freut! Mein Vater tätschelt mir das Bein, als ich endlich wieder sitze, meine Mutter umarmt mich. Auch für sie war mein Auftritt eine Überraschung. Nur Christiane, Mark und Sonja waren eingeweiht.

Beim anschließenden Abendmahl gehe ich am Arm meiner Mutter nach vorne. Auch mein Vater ist dabei. Gemeinsam hören wir die Worte von der Vergebung der Sünden und nehmen Brot und Wein.

Die Feier in der Gaststätte ist etwas krampfig. Mein Vater hält eine Rede, bei der er alle Klippen umschifft, die die Feier zum Kentern bringen könnten. Bei uns zu Hause bei Kaffee und Kuchen entspannt sich dann die Stimmung. Vor allem weil Lennart Pläne schmiedet, was er mit all dem Geld, das er geschenkt bekommen hat, anfangen will. Im Garten zeige ich den Gästen die Bienenstöcke, ich bin Ferdi und Andrea sehr dankbar, dass wir jetzt diesen Bienen bei uns im Garten ein Zuhause bieten. Auch erzähle ich den Gästen von Cora, die ich schon zweimal in der Hundeschule besucht habe und die morgen bei uns einziehen wird. Drei Wochen mit Verena und Cora stehen mir bevor, Einarbeitung, dann die Gespannprüfung. Bis heute früh hatte ich große Angst, diese Gespannprüfung mit Cora nicht zu bestehen. Doch nach dem, wie es in der Kirche gelaufen ist, ist diese Angst verflogen.

In der Kirche habe ich meine Höhle verlassen und bin nicht gescheitert. Im Gegenteil, ich habe gemerkt, wie ich etwas leisten kann, wenn ich mir etwas zutraue. Ein Gedicht auswendig vor einer vollen Kirche aufsagen, das kostet Überwindung. Aber wie sagt das Sprichwort? Wer wagt, gewinnt. Umgekehrt gilt: Wer nichts wagt, bleibt auf der Stelle stehen. Für mich würde das bedeuten: Wenn ich keine großen Schritte wage, werde ich für immer in meiner kleinen Welt gefangen bleiben. Eine kleine Welt, die gebaut ist aus Selbstmitleid und Verzagtheit. In einer solchen Welt zu leben macht auf Dauer unglücklich und seelisch krank.

Auch die Gespannprüfung ist ein solcher Schritt raus aus der Höhle. Vielleicht bestehe ich sie nicht. Aber dann werde ich sie wiederholen. Oder mir andere Wege suchen, wie ich Träume leben, verwirklichen kann. Ich darf und will und werde meine Stimmung nicht mehr von einer einzigen Sache abhängig machen und ins Nichts zurückfallen, wenn ich dabei scheitere. Ich werde immer neben einem Plan A auch einen Plan B, einen Plan C und einen Plan D haben, mindestens.

Morgen habe ich auch einen Termin mit Mark. Er war im Konfirmationsgottesdienst, um mich als Slammerin zu begutachten. Dann gibt es Manöverkritik.

»Wir sehen uns«, hat er mir in der Kirche nur zugeraunt. Dabei bin ich sooooooo gespannt, was er sagt. Sicher hat er vieles zu kritisieren, aber hoffentlich nicht alles.

Heute ist ein goldener Tag für Lennart, für mich, auch für uns als Familie. Doch nicht mehr allzu lange, dann kommt ein Tag, vor dem ich mich wie noch nie in meinem Leben fürchte.

Der Jahrestag der Schwarzen Wand.

KAPITEL 21

Das Summen der Bienen an den Stöcken ist gewaltig, ein Zeichen, dass der Sommer bald beginnt. Zwei Dinge beschäftigen mich in diesen Tagen und Wochen: das Schreiben und Cora.

Am Tag nach der Konfirmation hat mich Christiane angerufen. Zwei ihrer Pfarrerskolleginnen möchten mich mit meinem Gedicht für ihre Konfirmationsgottesdienste am darauffolgenden Sonntag buchen, einer vormittags, einer nachmittags. Mark hat einiges an meinem Auftritt zu kritisieren – oder vielmehr sind es Vorschläge, wie die Performance noch zu verbessern ist.

»Zu wenig Lautmalerei, zu wenige Alliterationen, dafür achtest du zu streng auf den Endreim. Das kannst du entspannter sehen. Und was deine Körpersprache betrifft, die war schon richtig klasse. Nicht so viel nachdenken, sondern mit dem Flow gehen.«

Da das Gedicht auf Vierzehnjährige und die Konfirmation zugeschnitten war, bittet er mich, es auch inhaltlich ein bisschen abzuändern. »Dann nehme ich dich zum nächsten Poetry-Slam mit.«

Das motiviert mich nicht nur, das Gedicht zur Konfirmation zu überarbeiten, sondern gleich noch weitere zu schreiben. An Themen fehlt es mir nicht. *Die Biene Naja* heißt eins, das hinterfragt, ob ein Volksbegehren reicht, um die Natur zu retten und das Klima zu schützen, oder ob es nicht angebracht ist, grundsätzlich anders, naturbezogener, mit den Jahreszeiten zu leben. Ein anderes Gedicht, bei dem ich mich auch selbstkritisch einbeziehe, handelt von der Eitelkeit, dem Angeben und Sichselbstüberhöhen, von stilisierten Lebensläufen und selbst erschaffenen Lebenslügen. Ich gebe dem Gedicht die Überschrift *Jahrmarkt des Ichs*. Vorsichtig wage ich mich an eins meiner Lebensthemen mit *Ich würde so gerne die Liebe des Lebens finden*, schreibe das aber erst mal nur für die Schublade und nicht für einen öffentlichen Auftritt. Das ist mir zu peinlich. Selbst wenn ich es so allgemein halte, dass alle gemeint sein könnten, die eine große Liebe suchen.

Nicht nur die Auftritte in den beiden anderen Kirchen zur Konfirmation folgen. Mark schafft es tatsächlich, dass ich im Club an der Poccistraße auftrete. Dieses Mal sind Julia und Robert, Sophie, Ferdi und eine ganze Reihe andere meiner Abi-Klasse dabei. Was für eine merkwürdige Entwicklung: Vor einigen Monaten saß ich noch im Publikum und hörte fasziniert Marks Molkerei-Versen zu, und jetzt stehe ich selbst auf der Bühne. Zwar laufe ich wegen der späten Anmeldung nur außer Konkurrenz mit, aber der Veranstalter zahlt mir ein Honorar von hundert Euro. Niemand kann ermessen, was es bedeutet, sein erstes selbst verdientes Geld in Händen zu halten, wenn man blind ist. Ich werde mir das Geld zurücklegen für meinen großen Plan.

Der große Plan. Er ist in den letzten Monaten gereift. Anfangs war er eine Spinnerei. Absolut undenkbar. Doch wenn ich etwas nach den Gesprächen im Altenheim gelernt habe, dann das eine, nicht wahr, lieber Herr Theisen: An seinen Träumen muss man unter Umständen hart arbeiten.

Die Auftritte als Slammerin in den Kirchen und im Club, dazu Marks Zuspruch ermutigen mich, den Traum nicht nur weiter zu träumen, sondern ihn zu konkretisieren. Allerdings brauche ich dazu Geld, viel Geld. Ich will nicht, dass meine Eltern meinen Plan finanzieren. Ganz abgesehen davon, dass sie ihn mir nicht erlauben würden. Ich werde sie vor vollendete Tatsachen stellen müssen.

Marks Auftritte organisiert eine Agentur. Für mich legt er dort ein gutes Wort ein und zeigt dem Team dort ein Video von meinem Auftritt in der Poccistraße.

»Meine Agentur möchte dich kennenlernen«, sagt er mir eines Abends am Telefon, als wäre es die einfachste Sache der Welt. Ein paar Tage später stelle ich mich in der Münchner Dependance der in Hamburg angesiedelten Agentur vor. Mark hat mich mit seinem Auto hingebracht.

Die Gespräche sind zunächst ernüchternd. Für die großen Poetry-Slam-Festivals gibt es in der nächsten Zeit keine freien Plätze. Außerdem gibt es dafür klare Ausschreibungskriterien und Vorwettkämpfe. Da kann niemand einfach so eingeschleust werden (selbst wenn er oder sie blind ist, steht unausgesprochen im Raum). Aber ein paar Auftritte außerhalb dieser großen Festivals klopft die Agentur jetzt schon für mich fest. Dann erzähle ich von einer anderen Idee, bei der mir die Agentur helfen könnte.

»Du denkst an unser zweites Standbein«, sagt Tanja, die die Münchner Dependance leitet. »Mal sehen, was sich da ergibt. Am besten, du schreibst uns mal ein bisschen was zu dir und zu der Idee auf, die du mir eben erzählt hast.«

Noch am selben Abend setze ich mich hin, schreibe und schicke den Text an Tanja. Jetzt heißt es abwarten.

Anfang Juni habe ich die Gespannprüfung mit Cora geschafft. Im Anschluss feiere ich mit Verena im Taxisgarten. Wir trinken beide je eine Maß Bier und Cora eine Riesenschüssel Wasser! Mein Leben ist fortan ein anderes. Zunächst in einem praktischen Sinn: Cora sieht herabhängende Äste, Absperrketten und abgestellte Fahrräder. Sie führt mich auf bestimmte Hörzeichen hin zu Liften, Geldautomaten oder Zebrastreifen. Ich fühle mich sehr entlastet, nicht bei jeder Stufe, bei jedem Hindernis nachdenken zu müssen, was das wohl ist und wie ich es umgehen kann. Cora führt mich einfach einen sicheren Weg am Hindernis vorbei. Sie nimmt mir, wenn ich mich außerhalb unseres Hauses befinde, so viele Entscheidungen ab, die ich bisher alleine zu fällen hatte. Erst jetzt, wo ich sie an meiner Seite weiß, merke ich, wie belastend das vorher war. Ich bin jetzt selbstständiger, selbstbewusster. Ich gehe schneller, mit weniger Angst, dass ich mich verletze oder auf eine Straße mit fließendem Verkehr gerate.

Doch es ist noch mehr, womit Cora mein Leben wertvoller macht. Sie ist zwar ein Tier, aber nicht erst seit Herrn Meindls Erzählung weiß ich, wie tief empathisch Tiere sein können. »Wir brauchen die Tiere für unsere körperliche und seelische Gesundheit«, hat er gesagt. Das ist ein Schlüsselsatz für mich. Cora ist, auch wenn das etwas flach klingt, meine Freundin. Denn wodurch zeichnen sich wahre Freundinnen aus? Sie stehen einem in schwierigen Situationen bei und schützen einen vor Gefahren, wenn man es selbst nicht kann. Und gute Freundinnen hören auch mal zu. Nein, ich verkläre diese Freundschaft mit Cora nicht. Ein Tier kann nicht wie Menschen sprechen und hört nur scheinbar zu, wenn man ihm seine Sorgen erzählt. Aber ich bin davon überzeugt, dass Cora spürt, ob ich gut oder schlecht drauf bin, mich ärgere oder freue. Das leise Winseln, das Stupsen mit ihrer Nase an mein Bein oder andere kleine Zeichen als Reaktionen genügen mir, um zu wissen, dass sie an meinem Seelenleben Anteil nimmt.

Meinen Blog in Form eines akustischen und olfaktorischen Tagebuchs führe ich zwei-, dreimal die Woche fort.

Ihn einzurichten und auch zu besprechen ist für mich als Blinde eine leichte Überforderung. Aber nur eine leichte. Ich hole mir einen Verbündeten, der mich unterstützt, meinen Bruder Lennart. Mit seinen mittlerweile fünfzehn Jahren ist er sehr technikaffin und hat großen Spaß daran, mit mir gemeinsam eine Homepage mit Bienenblog und meinen Slam-Auftritten einzurichten. Im Blog beschreibe ich die sich verändernden Geräusche in unserem Garten, das unterschiedliche Summverhalten der Bienen je nach Wetter und Tageszeit, die Vielfalt der Gerüche, die von einer Bauernwiese ausgeht. Etwas, das die meisten Sehenden gar nicht registrieren. Mein Hörsinn und mein Geruchssinn haben deutlich zugenommen. Was ich mit ihnen leisten kann, gebe ich auf diese Art weiter.

Ich vermute, Ferdi steckt dahinter, als ich eines Tages den Anruf eines Umweltverbands bekomme. Sie möchten gerne meinen Blog auf ihrer Homepage integrieren. Wenn ich dem zustimme, würden sie mir monatlich eine Aufwandsentschädigung von 50 Euro zahlen, perspektivisch auch mal mehr. Tschakka!, würde Lennart in so einem Fall ausstoßen. Ich belasse es bei einem »Danke, Ferdi, du bist echt ein Kumpel«.

Viel Zeit verbringe ich in diesen Tagen in einem Reisebüro. Über das Internet ist es viel zu schwierig für mich, eine Reise zu planen. Mir liegen gleich zwei Angebote für den Herbst vor: Julia und Robert wollen mich für eine Woche mit nach Mallorca nehmen. Gero und Bekki haben mir fünf Tage Paris vorgeschlagen. Nur eine von beiden Reisen werde ich mir mit meinem eigenen Geld vielleicht leisten können. Aber wenn, dann will ich unabhängig sein, nicht nur so ein Anhängsel der Pärchen, das dann doch irgendwie stört. Herr Meisel vom Reisebüro bemüht sich, mir die Optionen zu zeigen, die es für mich auf Mallorca und in Paris gibt. Doch irgendwie befriedigt mich das nicht. Außerdem brauche ich das Geld für den großen Plan, dessen Umsetzung auch in den Herbst fällt. Herr Meisel ist sehr, sehr nett.

In diesen Tagen bin ich sehr aktiv, sogar hyperaktiv. Der Grund dafür ist wahrscheinlich, dass ich dadurch die Angst vor dem Jahrestag der Schwarzen Wand verdrängen will.

Tanjas Anruf aus der Agentur kommt am vierzehnten Juni. Genau eine Woche vor dem Jahrestag. Was sie mir mitteilt, macht mich tief glücklich. Ich stoße einen Jubelschrei aus, und Tanja meint, dazu habe ich allen Grund. So schnell sei das bei ihr noch nie mit einer Zusage gegangen.

»Ist halt eine tolle Idee!«, sagt sie und kommt am nächsten Tag vorbei, damit ich den Vertrag unterschreibe. Meine Eltern ahnen von alledem nichts. Aber ich bin volljährig. Und ich will endlich viel unabhängiger werden. Cora, Tanja, Mark, Herr Meisel, Sonja, Verena, Ferdi, Gero und andere helfen mir dabei. Aber den letzten Schritt, den muss ich selbst gehen.

Zwei Tage vor dem Jahrestag der Schwarzen Wand rufe ich meinen Vater an und bitte ihn, am nächsten Tag zu uns zu kommen. Auch Julia und Gero frage ich um diesen Gefallen.

Tage, an denen Entscheidungen fallen. Ob sie richtig oder falsch sind, liegt oft nicht in unserer Hand. Aber ich spüre in mir eine unbändige Kraft und Sicherheit, deren Herkunft ich mir in diesem Ausmaß nicht wirklich erklären kann. Eine Kraft, die mir sagt: Du musst diesen Weg jetzt gehen. Ich weiß, dass ich keine andere Wahl habe, wenn ich diesem meinem schwierig gewordenen Leben ein großes Stück Glück abgewinnen will. Und davon bin ich mittlerweile überzeugt: Auch im schwierigsten Leben schlummert das Potenzial, glücklich zu werden.

KAPITEL 22

»Ich danke euch, dass ihr gekommen seid, Mama, Papa, Julia, Gero.«

Ich rede etwas förmlich, aber das schadet nicht. Ich habe Wichtiges mitzuteilen. Cora kauert zu meinen Füßen. Ich habe sie bewusst ins Wohnzimmer geholt. Sie kann mit ihrer Präsenz unterstreichen, dass mein großer Plan keine Spinnerei ist und dass ich ihn definitiv umsetzen werde.

»Ich möchte mich zunächst bei dir, Julia, bedanken für das Angebot, mit dir und Robert nach Malle zu fahren.«

»Klar, Selma, gilt auch für eine andere Reise, einen anderen Termin.«

Ich übergehe Julias Antwort und wende mich dorthin, wo ich Gero vermute.

»Das gilt auch für dein Angebot mit Paris, Gero. Bitte sag auch Bekki, dass ich mich darüber sehr gefreut habe.«

»Okay, klaro, wir würden uns wirklich freuen. Du solltest mich kennen. Das ist kein Angebot aus Mitleid.«

Auch Geros Einwand übergehe ich.

»Ich werde im Herbst eine andere Reise antreten. Mama, Papa, bitte lasst mich jetzt ausreden. Ich weiß, ihr werdet hundert Gründe dagegen finden. Aber ich kenne *einen* Grund, der dafür spricht. Und der wiegt alle, wirklich alle Gegengründe auf.«

Irgendjemand trinkt etwas, ich sammle meine Gedanken kurz und fahre dann fort.

»Ich werde im Herbst für drei Monate Work und Travel machen. Nur Cora wird mich begleiten. Es wird nichts Spektakuläres sein. Nur das, was ich auch ohne den Unfall getan hätte.«

»Wo willst du denn …«

»Stopp, Papa, lass mich bitte ausreden. Das ist jetzt wichtig.«

Ich beuge mich vor und kraule Cora das Fell.

»Herr Meisel ist der Besitzer eines Reisebüros. Er hat die tausend Fragen beantwortet, die ich mir gestellt habe und die ihr euch jetzt wahrscheinlich auch stellt. Und, ja, die Tickets sind gebucht, die erste Anzahlung ist in zwei Wochen fällig.«

»Tickets? Aber …«, sagt jetzt meine Mutter ungläubig.

»Nein, Mama, keine Aberitis bitte. Ja, die Tickets für den Hin- und für den Rückflug. Von München über Doha in Katar nach Auckland in Neuseeland.«

Ein tiefer Seufzer ist zu hören, ich vermute, von meiner Mutter.

»In Auckland werde ich von Mister und Misses Miller am Flughafen abgeholt, so wie sie es mit allen jungen Menschen tun, die sich für Work and Travel anmelden. Herr Meisel hat das so weit für mich geklärt. Er hat überhaupt sehr viel mit mir zusammen geklärt.«

»Cool«, sagt Gero, der wie immer empathisch ist und weiß, dass ich jetzt Unterstützung brauche.

»Und wegen des Geldes, da weiß ich, Mama und Papa, dass ihr mich da unterstützen würdet. Aber das will ich nicht. Erstens bekomme ich bald ziemlich viel Geld. Ihr werdet das noch rechtzeitig erfahren. Und dann gibt es ja auch das ›work‹ bei Work and Travel.«

»Was willst du denn da arbeiten?« Meinem Vater ist die Irritation bei jedem Wort anzuhören.

»Erdbeeren pflücken. Zehn Wochen lang. Das geht auch mit einem guten Tastsinn. Und dann reise ich noch zwei Wochen lang im Land umher. Ich werde einen Blog machen. Und später vielleicht ein Buch über die Reise. Als Titel schlage ich vor: *Cora, die Erdbeeren, Neuseeland und ich. Bericht einer gar nicht so einfachen Reise.*«

Cora gähnt an dieser Stelle. Jetzt lachen wir alle. Das war so bitter nötig. Weil es bisher wirkte, als ob ich die Modalitäten für mein Begräbnis vorgestellt hätte.

»Seht ihr, Cora nimmt das ganz gelassen. Von ihr könnt ihr, Mama und Papa, etwas lernen.«

Zwar keine tausend, aber Dutzende Fragen vor allem von meinen Eltern folgen. Aber ich bin gut vorbereitet. Zwischendurch rufen wir sogar Herrn Meisel an, der das Seinige dazu beiträgt, meine Eltern zu beruhigen.

»So, und jetzt brauche ich einen Cocktail. Wer noch?«, schließe ich die Fragerunde endlich ab. Wir setzen uns zu fünft in den Garten, dazu Cora. Julia und ich sprechen nicht an, was morgen für ein Tag ist, obwohl wir es beide wissen. Der Jahrestag. Stattdessen albern wir rum. Der Alkohol zeigt seine Wirkung. Doch bevor sich mein Vater, Gero und Julia verabschieden, meldet sich meine Freundin noch einmal zu Wort.

»Welches ist der eine Grund, der alle hundert Gegengründe aufwiegt?«

»Danke, Julia, du hast gut aufgepasst. Der eine Grund, der mich für all das stark macht, ist ganz einfach: Ich hol mir mein Leben zurück.«

KAPITEL 23

Der einundzwanzigste Juni. Ich habe ganz schlecht geschlafen.

Die letzten Wochen haben mir tiefe Glückserlebnisse beschert. Obwohl ich nicht sehe. Ich gehe aber nicht so weit zu sagen, *weil* ich nicht sehe. Ich würde den Tag vor einem Jahr gerne ungeschehen machen. Ich würde gerne sehen.

Woher kommt das Glück der letzten Wochen?

Auf mich ist nicht eine Frau zugekommen wie auf Herrn Stöger seinerzeit in der Kirche. Die große Unbekannte, die mir einen Weg durchs Leben zeigt, nachdem so vieles kaputtgegangen ist. Oder war die verstorbene Frau Aumüller im Park am Dom-Pedro-Platz diese eine Person, die mir von unbekannter Seite geschickt wurde und die mich auf den richtigen Weg gebracht hat? Auf die Spuren von zwei Frauen und drei Männern, die mir in einem Altenheim ihr Leben erzählt haben? Doch, sie war es! Danke, Frau Aumüller, wer immer Sie mir geschickt hat und wo immer Sie jetzt sind, Sie haben mich mit Ihren Worten ermutigt und mir und Gero die Idee geschenkt, den Lebenserfahrungen alter Menschen zu lauschen.

Danke, lieber Herr Stöger, für Ihre goldenen Worte, die mich gelehrt haben, Gaben zu entwickeln, mir das Leben zurückzuholen, und die mich vor der Gefahr der Vergleicheritis gewarnt haben. Auch die Konsequenz, mit der Sie nach der Kriegsverwundung Ihr neues Leben als Kirchenmaler angepackt haben, imponiert mir und motiviert mich sehr.

Danke, beste Frau Brunnbauer, Sie haben mir geholfen, das Grübeln über die Ungerechtigkeit der Welt hinter mir zu lassen, weil es mich nicht weiterbringt. Ihnen habe ich auch den wichtigen Impuls zu verdanken, den Neuseeland-Plan anzugehen. Begib dich in die Natur und suche charismatische Leute auf, wenn du Sätze aus Gold finden willst, das ist mir an Ihrer Erzählung so eindrücklich gewesen. Sie sind auch eine charismatische Person! Und dass Sie Ihren Sohn, nach allem, was er getan hat, im Zweifelsfall weiter lieben, das zeigt, wie tief die Liebe zu den Allernächsten wurzelt. Das ist der *Spirit of Love!*

Danke, werter Herr Theisen, für Ihre Zahlenmystik, von der ich nicht so ganz überzeugt bin. Aber was mich tief beeindruckt, ist, wie Sie auf jeden Schicksalsschlag mit dem Erfüllen eines Traums geantwortet haben. Auch Sie sind ein Pate meines Neuseeland-Plans!

Liebste Frau Blumentritt, Sie glauben gar nicht, wie sehr mich Ihre Rucksack-Geschichte verwandelt hat. Obwohl ich noch so jung bin, habe auch ich in meiner

Kindheit die entscheidenden Spuren für meine Zukunft entdeckt: die Begeisterung für das Lesen, die Literatur und dann für das eigene Schreiben ebenso wie für die Beziehung zu Tieren, die mich viele Jahre meiner Kindheit geprägt hat. Sie haben mir Mut zu Cora gemacht!

Danke, verehrter Herr Meindl, auch Sie haben mir den Weg zu Cora und zu den Bienen geöffnet, indem Sie mir so viele Impulse zu den empathischen Fähigkeiten von Tieren gegeben haben. Sie haben mir außerdem gezeigt, wie man eine Höhle, in Ihrem Fall aus grauem Waschbeton, verlässt. Und die Höhle steht für so viel mehr, wie uns die Geschichte des Elia zeigt!

Ein ganz, ganz dickes Danke dir, lieber Gero, du hast mir diese wunderbaren Menschen im Altenheim vermittelt. Das hast du getan, weil du mit etwas gesegnet bist, was man nicht hoch genug schätzen kann: mit einer unglaublichen Empathie, die du fein abtrennst von einem aufgesetzten Mitleid, das du zum Glück gar nicht draufhast. 😚

Danke, Ferdi, für die Bienen und dass du mich in so vieler Hinsicht protegierst. Und wie heißt das Wort? Olfa-was? Olfaktorisch, jaaa! Im Ernst: Wenn du mit deinem bewundernswerten Engagement so weitermachst, rettest du nicht nur die Bienen, sondern gleich auch mal noch das Weltklima mit. 😉 🐝

Danke, herzallerliebste Sonja, du warst am Anfang meines langen Weges aus der Höhle hinaus. Du ahnst nicht, wie sehr mir geholfen hat, den Unfall in einem Bild zu fixieren, das der Schwarzen Wand. Du hast mich zum ersten Mal wieder lachen lassen, mir einen schrecklichen Hundelehrer und dann die beste Hundelehrerin der Welt organisiert. Das nenne ich mal Kompetenzenvielfalt😊! Aber wie ich mal Pilotin werde, daran müssen wir noch arbeiten, ja? Wie ich dich kenne, findest du da auch noch eine Lösung. Du hast mir wieder ein wenig den Glauben an Engel geschenkt. Weil du für mich in einer sehr schweren Zeit da warst. Da warst du mir ein Engel! Sag bitte auch Laura einen schönen Gruß. Ihr seid auch ein tolles Gespann (wie Cora und ich)😚.

Danke, danke, lieber Mark, best performer ever, für deine uneigennützige Hilfe bei meinen ersten Schritten mit Gedichten auf der Bühne. Ich denke, wir werden noch so manchen Auftritt zusammen hinlegen. Und in Neuseeland probier ich das mit dem Singen noch mal aus, wenn ich ganz allein zwischen den Erdbeerpflanzen krieche und die Früchte ertaste. Sollten die Erdbeeren meinen Gesang überleben, steig ich bei euch ein. 🎵🎼🎹

Danke, Selma Meerbaum-Eisinger, Schwester im Geiste, wo immer du auch jetzt bist. Du hast mich ermutigt, meine Gefühle in Versen auszudrücken, und du hast mich mit deinen Gedichten in Sehnsucht eingehüllt.

Danke an Tanja, Herrn Meisel, Verena, Andrea und an manch andere, die ich hier nicht namentlich erwähne, ihr habt mir so sehr geholfen, wieder in mich selbst und in das Leben zu vertrauen! Wow, wenn ich mir das hier im Überblick anschaue (anhöre😉): Ich habe so viel Hilfe erfahren, ich glaube, die Menschen sind besser als ihr Ruf!

Danken will ich aber ganz besonders dir, liebe Julia, und zugleich ein kleines Geständnis ablegen. Die erste Zeit nach dem Unfall hatte ich meine Zweifel, ob unsere Freundschaft dieses Ereignis überlebt. Dein Wegzug nach Regensburg wirkte auf mich wie eine Flucht auch vor mir. Ich mache dir da keine Vorwürfe, überhaupt nicht. Ich war in der ersten Zeit nach der Schwarzen Wand auch alles andere als einfach. Du hast mir so viel gegeben in der letzten Zeit. Ohne dich und Sophie wäre ich nie alleine in den Club gegangen, in dem mir die Ohren für Poetry-Slam aufgegangen sind. Du hast es auch hinbekommen, dass ich mit Robert wieder unbefangen rede. So könnte ich noch viele andere Begebenheiten schildern, an denen mir klar geworden ist: You have the spirit of friendship! 😚 😚 😚 Bei unserer ersten Begegnung nach dem Unfall im Krankenhaus hast du mir ins Ohr geflüstert: Ich liebe dich. Damals dachte ich, das hast du nur so zum Trost gesagt. Jetzt aber glaube ich, das stimmt. Und, ja, weil es nie genug Liebe in dieser Welt geben kann: Ich liebe dich auch. So wie sich halt Freundinnen lieben können🖤 🖤.

Und zum Schluss der Dank an meine drei liebsten Menschen.

Danke, Lennart, ich sag jetzt einfach mal mein bester Bruder der Welt 😊. Dein »Schwesterherz« in der Kirche wird dir gutgeschrieben für tausendmal mich ärgern in der nächsten Zeit. Oder sagen wir besser: zehnmal ärgern, okay? 💖

Danke, Mama und Papa, ja, ich nenne euch jetzt hier bewusst im Paket. Eure Trennung in diesem so schwierigen Jahr hat mich belastet (und Lennart, glaub ich, noch mehr). Aber eines merke ich, auch wenn ihr noch so kritisch seid, immer deutlicher: Bei allem, was ist, liebt ihr mich. Und da kann ich nur sagen: Mehr geht nicht. DAS DICKSTE DANKE DER WELT! (Und aus Neuseeland schick ich euch eine Postkarte 😊 und lass sonst nichts von mir hören 😊😊) (PS.: Zur Sicherheit: Nur ein Scherz)🖤🖤

Ach ja, last, but not least, danke, ich sage das jetzt ganz vorsichtig, ihr Engel oder sonstigen himmlischen Mächte. Dieses *Alta Trinita Beata* in der Kirche bei der Konfirmation – da habt ihr mich erwischt. Ich war so gestärkt, als ich zu meinem Gedicht vorgegangen bin. Auch durch euch. Durch dich, Gott? Wer immer ihr seid, ich bin dabei, ein bisschen an euch zu glauben. Lasst uns im Gespräch bleiben! 🙏 ✶ ⚡

Vor einem Jahr genau war Sommeranfang. Ich war voller Träume. Und jetzt? Nach langer Leidenszeit träume ich wieder. Auch wenn ich mir die Träume hart erarbeiten muss. Aber für mich ist es ein Wunder: Die Träume, sie tanzen wieder in meinem Kopf.

18 Uhr und 25 Minuten. In sechs Minuten ist es ein Jahr her. Die Uhrzeit stand so im Polizeibericht.

Ich sitze allein in meinem Zimmer. Meine Mutter hat mich heute Mittag ganz fest gedrückt, als sie in die Arbeit gefahren ist. Auch mein Vater hat angerufen und mir ein paar gute Worte gesagt. Sie haben an den Jahrestag der

Schwarzen Wand gedacht, auch Julia, die am Telefon geweint hat. Aber sie unterschätzen, wie wichtig mir für mein weiteres Leben genau die Augenblicke, die Minuten sind, an denen sich das Ereignis jährt. Und ich bin froh, dass jetzt niemand im Haus ist. Denn ich weiß, dass ich da jetzt alleine durchmuss.

Ich gehe kurz auf mein Bankkonto und höre, wie schon so oft die letzten Tage, die Zahlungseingänge ab. Zweitausend Euro Vorschuss, sagt die automatisierte Stimme. Vom Verlag in der Münchner Maxvorstadt, der so schnell wie noch kein anderer auf die Anfrage der Agentur reagiert hat. Bis zur Abgabe des Manuskripts habe ich drei Monate Zeit. Meine Tickets nach Neuseeland sind entsprechend terminiert. Das gibt mir den nötigen Push, den ich momentan so sehr benötige.

Ich rücke mir die Tastatur zurecht, ziehe kurz am Strohhalm meines Kiwi-Smoothies und überlege einige Minuten. Meine Hand zittert.

18 Uhr und 31 Minuten sagt mir der digitale Wecker an, den ich mir extra so eingestellt habe. Die Minute, in der die Schwarze Wand auf mich zukam. Jetzt werde ich durch sie hindurchgehen. Ich reiße sie ein. Ich zittere am ganzen Körper. Schaffe ich das?

Meine Hände gewinnen an Halt, als ich sie auf die Tastatur lege. Verdammt, hol dir endlich dein Leben zurück, flüstere ich mir zu und balle die Fäuste. Dann schreibe ich, zwar unter Tränen, aber sehr entschieden los:

Es ist einer jener Sommer voller Schwalben, flirrendem Asphalt und dem unverwechselbaren Geruch von Sonnenöl, Pommes und Jugend über dem matten Grün der Schwimmbadwiese. Ein Grashüpfer ist auf meinen Studienführer gesprungen …

SELMAS LISTE FÜR KRISENZEITEN

Vorsatz: Verlass deine Höhle!

1. Wenn du etwas nicht mehr ausüben kannst, überlege, was du sonst noch gut kannst.

2. Hol dir dein Leben zurück.

3. Vergleiche dich nicht mit anderen.

4. Denk nicht immerzu über Schuld, die Ungerechtigkeit der Welt und das Schicksal nach.

5. Lass jeden und jede für sich selbst verantwortlich sein und sein eigenes Schuldpaket tragen.

6. Verlass dich auf die Liebe deiner Allernächsten.

7. Begib dich in die Natur und unter Leute.

8. Höre anderen charismatischen Menschen genau zu, wenn du Sätze aus Gold finden willst.

9. Beantworte Schläge des Schicksals, indem du dir Träume erfüllst.

10. Arbeite hart an der Erfüllung deiner Träume.

11. Vergiss nicht den Rucksack deiner Kindheit, den Proviant fürs Leben.

12. Suche jemanden, der dir die richtigen Fragen stellt.

13. Schau mehr nach vorne als zurück, schmiede Pläne, geh Risiken ein, gib die Hoffnung nicht auf.

14. Lass Tiere Teil deines Lebens werden.

15. Vertrau den unsichtbaren Kräften (*Spirit of Love, Spirit of Friendship,* Zahlenmystik, Rucksack der Kindheit).

Fazit:
Geh durch deine Schwarze Wand oder reiße sie ein.

DIE GESCHICHTEN DER ALTEN MENSCHEN

ÜBER DEN AUTOR

FELIX LEIBROCK, Jahrgang 1960, hat Germanistik, Geschichte und Evangelische Theologie studiert. Er leitet das Evangelische Bildungswerk in München, ist Seelsorger bei der Bayerischen Bereitschaftspolizei und spricht das Format *Nachgedacht* bei Antenne Bayern. Zudem engagiert er sich ehrenamtlich in der Obdachlosenhilfe. Als junger Mann wäre Felix Leibrock beinahe erblindet. Zwei schwierige Operationen haben ihm das Augenlicht gerettet. Im Europa Verlag erschien 2019 sein einfühlsamer Lebenshilferoman *Nur im Dunkeln leuchten dir Sterne*. Zudem ist er als Krimiautor erfolgreich und veranstaltet regelmäßig Literaturabende. Felix Leibrock lebt in München und Weimar.

Weitere Informationen über den Autor und aktuelle Lesungstermine unter: *www.felixleibrock.de*

EIN WUNDERBARER ROMAN ÜBER DIE SUCHE NACH DEM WAHREN GLÜCK

Wer ganz unten angekommen ist, braucht jemanden, der unerschütterlich an ihn glaubt. Diese Erfahrung muss auch Stalter machen, als ihn die harte Realität der Obdachlosigkeit mit voller Wucht trifft und er sich unter den Ausgestoßenen der Gesellschaft wiederfindet. Beim Sternenexpress, einer mobilen Obdachlosenhilfe, begegnet er den Märchenerzählern Vasile, Samir und Olga. In ihren stimmungsvollen Geschichten geht es um Trauer und Verlust, um Liebe und Hoffnung, um die Suche nach dem Glück. Sie berühren Stalter tief und eröffnen ihm einen neuen Blick auf sein altes, von der Jagd nach Geld und Erfolg getriebenes Leben. Er erkennt die heilende Kraft der Märchen, erkennt, wie viel Lebensweisheit in ihnen steckt. Er beginnt, sie aufzuschreiben und an Passanten zu verteilen. So wird schließlich Amelie auf ihn aufmerksam. Auch sie glaubt an den tiefen Sinn der Märchen und macht Stalter ein unverhofftes Angebot – Stalters Chance auf ein neues, erfülltes Leben.

»Nur im Dunkeln leuchten dir Sterne steckt voller Liebe, Liebe zum Leben und zu den Menschen. Es erfüllt mit Hoffnung und ist wie ein Wegweiser auf der Straße zum Glück.« *Zwiebelchens Plauderecke*